KB164137

꿈의
한가운데서,
다시 시작

영원한 건설인, 이지송

꿈의 한가운데서, 다시 시작

김수삼 · 이종수 · 박동선 지음

한국경제신문

LH 경영정상화는
내게 주어진 마지막 소명(召命)이 아닌가 생각한다.
50년 가까이 직장 생활을 해오며
나라로부터 큰 혜택을 받았다.
이제는 갚아야 한다.
그곳이 바로 LH다.

프롤로그

건설에 대해
가장 건설적인 생각을 하는
영원한 건설인

건설명가 명예회복 구원투수.

인간적인 정이 넘치는 경영, 영원한 현대건설맨.

역지사지의 겸허한 마음으로 미래를 건설하는 건설인.

근면, 공사(公私) 구분 철저한 건설 현장 지킴이.

기술과 영업, 학술적 유대까지 겸비한 경영자.

추진력과 섬세함을 겸비한 흔치 않은 최고경영자.

앞의 내용은 모두 신문 기사의 제목들이다. 이 기사들은 오직 한 인물에 대해 이야기하고 있다. 현곡(玄谷) 이지송. 일반인들에게는 다소 생소할지 모를 그는 한국 건설업계에서 현대그룹 고 정주영에게 많은 영향을 받은 인물이다. 77년 삶 가운데 50여 년의 세월을 땀내 섞인 흙먼지와 모래바람 속에서 보낸 그의 인생 궤적은 역동적이던 대한민국 건설경제 발전사와 맞닿아 있다고 해도 과언이 아니다.

ROTC 육군소위(공병 소대장)로 예편한 이후 건설부 영남국토건설국 남강댐 건설사무소에서 첫 직장 생활을 시작한 그는 50여 년 동안 건설 엔지니어, 단장, 부사장, 사장, 교수, 대학 총장, 국내 최대 공기업인 LH(한국토지주택공사) CEO에 이르기까지 다양한 직함과 더불어 다양한 임무들을 수행했지만 뚝심 있게 건설 외길만을 걸어왔다. 그 길에서 대한민국 최고의 수자원·댐 전문가, 난파 직전의 현대건설을 회생시킨 경영의 달인, 누구도 주목하지 않았던 경복대학을 동북권의 중심대학으로 발돋움시키는 데 초석을 다진 총장, 국내 최대 공기업의 통합을 성공적으로 일구어낸 불굴의 CEO 등등 다양한 수식어를 얻었다. 건설인으로서 모두가 부러워할 성공적인 삶을 살아온 것이다.

특히 리더로서 그의 모습은 세상에 수차례 회자되고 수많은 사람의 본보기가 될 만큼 빛을 발했다. 그는 어느 곳에 있었던, 어떤 직책을 맡았건, 또 어떤 어려움에 부딪쳤건 리더로서 자신이 그곳에 있었음을 증명하듯 또렷한 족적을 남겼다. 그가 이러한 성취와 업적을 이룰 수 있었던 비결은 무엇일까?

앞서 소개한 기사 제목들에서 엿볼 수 있듯 이지송은 리더로서 어느 한쪽으로 치우치지 않는 다양한 덕목을 갖추고 있다. 즉, 덕위상제(德威相濟)의 덕목을 갖춘 인물이다.

교수이자 한문학자인 정민은 자신의 저서 《일침(一針)》에서 '좋은 리더란 무엇인가'를 논하면서 덕위상제라는 사자성어를 언급했다. 덕위상제란 글자 그대로 풀이하면 '덕과 위엄으로 서로 건진다.'는 뜻으로, 덕과 위엄이 서로 조화를 이뤄 보완이 되어야만 완벽해진다는 의미를 가지고 있다. 정민은 덕만 있는 리더는 아랫사람의 의견에 귀를 기울이고 포용할 줄 알아서 조직원들의 존경을 받고 조직을 융화시키기는 좋으나 자칫 줏대 없는 사람으로 비춰져 아랫사람에게 무시를 당하거나 조직의 기강이 흐트러질 수 있다고 했다.

반면, 위엄만 있는 리더는 강한 카리스마로 조직을 다스려 조직원들이 일사불란하게 움직이는 장점이 있지만 아랫사람이 기가 죽어 창의적인 생각을 하기 어렵고 자신이 원하는 방향으로 조직을 이끌어가기 때문에 문제가 생겼을 경우 발 빠른 대처가 어렵다고 했다. 지혜만 있는 리더도 문제라고 했다.

지혜만 있는 리더는 두뇌가 명석하기 때문에 모든 것을 스스로 판단하고 결정해서 조직을 잘 이끌어가지만 이에 익숙해진 조직원들이 수동적이 되기 쉽고, 또한 능력으로만 사람을 판단하기 때문에 인간미가 부족하고 조직을 융화시키기 어렵다고 했다. 따라서 좋은 리더가 되기 위해서는 덕과 위엄, 즉 가슴과 머리와 실력이 균형을 갖춰야 하는데 그러기가 쉽지 않다는 것이 정민의 견해였다.

이지송은 덕위상제의 덕목을 갖춘 보기 드문 리더였다. 50여 년 동안 건설인의 길을 걸으면서 늘 조직원들을 부모처럼 따뜻하게 감싸 안으려고 애썼지만 중요한 결정 앞에서는 사사로운 감정에 흔들리지 않고 과감하게 결단을 내렸다. 또한 일을 추진할 때만큼은 아무리 어려운 역경에 부딪쳐도 굴하지 않고 불도저처럼 밀고 나갔다.

언제나 자신의 안위보다는 조직의 안녕과 발전을 위해 미래를 기획하고 도전했고, 그 도전을 성공으로 이끌기 위해 작은 것 하나도 허투루 보지 않고 깊고 면밀하게 일을 진행해나갔다. 가슴과 머리와 실력이 균형을 이루는 덕위상제의 덕목에, 상상을 뛰어넘는 노력이 추진체 역할을 하면서 그는 리더로서 그 누구도 부인할 수 없는 성취와 업적을 이룬 것이다.

얼핏 보면 이지송은 성공이 예견되어 있는 잘 닦인 도로를 질주해온 인물처럼 보인다. 그러나 그의 화려한 이력들의 행간에는 남모를 눈물이 있었다. 근무 중 삶과 죽음의 경계를 넘나들기도 했고, 승진에서 누락되어 꽤 오랜 시간 마음고생을 했던 날들도 있었다. 또한 십여 년 동안 가족과 떨어져 홀로 해외 건설 현장에서 외로운 시간을 보내기도 했다. 하지만 그는 어떠한 환경 속에서도 매순간 확고한 신념과 뜨거운 열정으로 꿈을 향해 도전했고, 최선의 노력으로 모든 위기와 역경을 극복하며 자신의 역사를 써내려갔다. 이것이 우리가 그의 삶을 반추해보아야 하는 이유고, 이것이 이 책이 쓰인 동기다.

그의 수많은 업적을 따라 이룰 수는 없겠지만 이 책을 통해 그의 성공 비결을 일부나마 자신의 것으로 만들 수 있다면, 아니 대한민국 건설경제 발전사에 한 획을 그은 이지송이라는 건설인이 우리와 동시대를 살아가고 있음을 한 사람이라도 더 기억할 수 있다면 이 책은 그 목적을 다했다고 할 수 있다.

2012년 5월의 어느 날, LH CEO로서 직원들과 대화하는 자리에서 그는 이렇게 말했다.

"누군가 저에게 '당신 직업은 뭐요?'라고 묻는다면 저의 대답은 단 한 가지입니다. 경영인이다, 사장이었다, 대학 총장이었다, 혹은 공기업 수장이었다, 하는 이야기는 저에게 어울리지 않습니다. 그 질문에 대한 저의 대답은 오직 하나 '영원한 건설인'입니다. 제가 사람들에게 남기고 싶은 말, 듣고 싶은 말 역시 '영원한 건설인'입니다."

이지송의 지난 50여 년의 삶은 '영원한 건설인'으로 성장하고 그 길을 쉼 없이 달려온 기나긴 여정의 연속이었다. 그는 영원한 건설인으로 거듭나기 위해 '꿈 너머의 꿈'을 꾸고 그 꿈을 이루기 위해 '더 하려고 해도 더 할 게 없는' 혼신의 노력으로 모든 일에 최선을 다했다. 그를 아는 대부분의 사람들이 그를 '영원한 건설인'이라고 일컫는 것에 이의를 제기하지 않는 것은 매순간마다 꿈을 이루기 위해 그가 최선의 노력을 멈추지 않았기 때문일 것이다.

돌이켜보면 그의 지난 삶은 꿈을 꾸고 그 꿈을 이루기 위해 혼신을 다하면 못 이룰 게 없다는 것을 스스로에게, 또 세상에 증명하는 시간이었다. 그의 삶은 영원히 꿈꾸고 그 꿈을 이루기 위해 자신의 모든 것을 쏟아붓는 사람은 반드시 빛나는 성취를 이룰 수 있다는 것을 보여줌으로써 많은 사람에게 용기와 희망을 심어주었고, 지금도 그의 이러한 삶은 계속되고 있다.

2015년 7월 3일 새벽, 영원한 건설인으로 남겠다던 그가 뇌출혈로 갑자기 쓰러졌다. 신속하게 병원으로 후송되어 곧바로 수술을 받았지만 안타깝게도 그는 의식을 되찾지 못했다.

그 후로 며칠 뒤, 많은 사람의 가슴을 애타게 하던 그가 기적적으로 깨어났다. 그러나 그는 뇌출혈로 인한 후유증으로 마음대로 몸을 움직이지 못했고, 말도 하지 못했다. 이런 모습을 지켜보는 가족과 주변 사람들의 고통은 이루 말할 수 없었고, 이러한 상황이 5개월여 동안 지속되자 그 누구도 표현은 하지 않았지만 그가 평생 병상에서 일어나지 못할 수도 있다는 절망감에 사로잡혔다. 그러던 중 그해 12월, 크리스마스이브에 다시 한 차례 뇌수술을 받았고, 크리스마스의 기적처럼 그는 수술 후 일주일 만에 몸을 움직일 수 있을 정도로 상태가 빠르게 호전되었다.

2016년 2월 13일, 그는 마침내 퇴원을 했고 이후 가족과 주변 사람들의 뜨거운 응원 속에서 재활치료에 힘쓴 덕분에 눈에 띄게 건강을 회복했다.

어느 정도 몸을 추스를 수 있게 된 그는 지금까지 늘 그래왔던 것처럼 자신의 기력이 다할 때까지 건설인으로서의 도전을 멈추지 않겠다고 다짐했다. 어느덧 나이 80세를 바라보고 있지만 아직 도전을 멈추기엔 자신이 젊다고 생각했고, 해야 할 일이 많기 때문에 꿈 너머의 꿈꾸기를 멈추지 않을 것이라고 말했다. 예전만큼 체력이 따라주지는 않지만 꿈 너머의 꿈을 꾸고 그 꿈을 이루기 위해 혼신의 노력을 다하는 영원한 건설인의 정신만큼은 그대로라고 말하는 이지송.

우리는 단순히 이 책을 통해 그가 쌓아온 이력과 건설인으로서의 삶을 들여다보는 것이 아니라 그의 식을 줄 모르는 용기와 열정을 함께 나누고, 내 삶의 에너지로 받아들이는 것에 의미를 두어야 할 것이다. 단 한 사람이라도 이 책을 통해 자신의 삶을 진지하게 되돌아보고 그 과정 속에서 나도 그처럼 될 수 있다는 희망을 얻는다면 필자로서 더없이 뿌듯하고 영광이겠다.

자, 마음의 준비가 되었는가. 한 가지 꿈을 이룬 뒤 새로운 꿈을 꾸고 그것을 향해 더 힘차게 날갯짓하는 그가 꿈꾸기를 주저하는 당신에게로 간다. 당신에게로 가서 당신 안에 잠들어 있던 꿈과 용기, 가능성과 자신감을 흔들어 깨울 것이다. 그리고 매일 똑같은 일상에 흐트러지고 나태해진 당신에게 이렇게 소리칠 것이다.

"일어나! 지금이 바로 그때야!"

차 례

03, 소명의 길

수인사대천명은 말만 다를 뿐 '하면 된다' 정신과 일맥상통한다. 두 말은 모두 '노력은 반드시 좋은 결과를 가져온다는 확고한 신념을 가지고 최선의 노력을 다하면 못 이룰 것이 없다.'는 의미를 가지고 있기 때문이다. 정주영 회장이 '하면 된다' 정신으로 모든 사람이 무모하다고 말하는 것에 도전하기를 주저하지 않고 그에 따르는 난관을 극복했듯, 그 역시 수인사대천명의 정신으로 자신 앞에 주어진 도전과 난관을 헤쳐나갔다.

건설인의 삶,

그 시작

01,

운명의 수레바퀴

삶의 안내자, 아버지와 어머니

1958년 여름, 이지송은 여느 때와 다름없이 공부에 여념이 없었다. 푹푹 찌는 찜통 날씨에 대학 입시일은 아직 멀었지만 그의 마음은 그리 여유롭지 못했다. 다름 아닌 재수생 신분이었던 까닭이다. 대학 입시에 실패했다는 패배감과 열등의식, 다시 실패하지 않아야 한다는 심리적 부담감, 또 다시 실패할지도 모른다는 두려움이 뒤범벅되어 하루라도 마음 편히 책상 앞을 떠날 수가 없었다. 더구나 집안에서 그에게 거는 기대가 적지 않았기 때문에 그는 더욱더 공부를 게을리할 수 없었다.

이지송은 우리 민족이 아직 일제로부터 해방되기 전인 1940년 7월 15일 충남 보령군 주포면 신대리(지금의 충남 보령시 주교면 신대리)에서 용인 이씨의 후손인 아버지 이원긍(李源兢)과 어머니 조동연(趙東蓮) 사이에서 7남매의 장남으로 태어났다.

그의 집안은 지역에서 가장 학식이 높고 사람들에게 칭송받는 가문이었다. 조부는 당시 신대리의 관할 면인 주포면의 면장을 지냈고, 아버지는 그 시절 보기 드물게 서울로 유학을 떠나 선린상업학교(현 선린인터넷고등학교)를 졸업하고 남들이 부러워해 마지않는 금융기관에서 근무했다.

그의 집안이 지역 사람들의 존경을 받았던 가장 큰 이유는 어려운 이웃들의 형편을 그냥 지나치는 법이 없었기 때문이다. 평소 조부와 아버지는 늘 자손들에게 "부자로 사는 것보다 가난한 사람들과 나누고 사는 것이 자랑스러운 일이다."라고 얘기할 정도로 나누며 사는 삶을 중시했다.

특히 조부는 손자인 이지송을 자신의 무릎에 앉히고 "부자라 하여 교만해서는 안 되며 항상 어려운 친구들의 입장에 서서 행동해야 한다."고 당부하곤 했다. 그가 다양한 직함으로 50여 년 동안 건설 외길을 걸으면서 끊임없이 보였던 나눔의 실천은 어린 시절 '나누는 삶'의 중요성을 인식하고 스스로 그 본을 보였던 조부와 아버지의 가르침에서 비롯된 것이었다.

나누는 삶과 더불어 조부와 아버지가 강조했던 또 하나의 가르침은 '검약한 생활'이었다. 당시 그의 집안은 경제적으로 넉넉한 편이었지만 조부와 아버지는 그 무엇도 허투루 낭비하는 법이 없었다. 어려운 사람들에게는 아낌없이 툭툭 내주었지만 스스로에게는 단 돈 십 원도 헛되이 쓰지 않았다. 물질이라는 것은 언제든지 흩어질 수 있는 것이라고 여기며 많든 적든 돈을 쓰는 일에 신중했고 종이 한 장도 그냥 버리지 않았다.

조부와 아버지의 이러한 모습은 그에게 더없이 훌륭한 본보기였고, 그 가르침은 그에게 고스란히 배어들었다. "어려서 형성된 습관은 천성과 같으니, 습관에 따라 형성된 것은 자연스럽게 배어 나온다."는 공자의 말처럼 어렸을 때부터 조부와 아버지를 통해 검약한 생활을 보고 배운 그는 그것이 마치 습관이고 천성인 것처럼 자신의 형편과 상관없이 한평생 검소한 생활을 실천하고 있다.

이지송의 검소함을 단적으로 보여주는 예로 그가 들고 다니는 낡은 갈색 서류가방을 꼽을 수 있다. 브랜드가 지워져서 보이지 않을 정도로 표면이 해지고 낡았지만 그는 여러 차례 손잡이를 수선해가며 그 가방을 무려 30년 동안이나 들고 다녔다. 현대건설에 있을 때도, 경복대학에 다닐 때도, LH에 근무할 당시에도 이 서류가방은 그와 늘 함께 있었다. 가방 하나 사지 못할 정도로 어려운 형편도 아니고 아내의 입장에서는 30년 동안 손잡이를 수선하고 또 수선해가며 그 가방을 사용하는 남편의 모습이 못마땅했다. 그래서 그 가방을 볼 때마다 남편에게 웬만하면 새것으로 바꾸라고 잔소리를 하기도 했다. 그는 그런 아내의 마음을 이해 못하는 것은 아니었지만 30년 동안 자신과 함께 한 가방을 바꾸고 싶지는 않았다. 겉으로 보기에는 낡고 볼품없을지 몰라도 아직까지 쓸만하다고 여겼기 때문이다.

그가 어느 인터뷰에서 밝혔듯이 그에게 갈색 서류가방은 '바쁜 출장길의 반려자이자 허물없는 친구'와 같은 존재로 가방 그 이상의 의미였다.

조부와 아버지가 그에게 삶의 근본을 바로 세워주려고 노력했다면, 어머니는 세상의 어떤 변화 앞에서도 흔들리지 않는 입지(立地)를 가진 사람으로 키우기 위해 애썼다.

그의 어머니가 한국전쟁 이후 시국이 어수선한 상황에서도 초등학교를 졸업한 그를 한 치의 망설임도 없이 충남에서 명문으로 꼽히는 대전중학교로 유학 보낸 것은 그 노력의 일환이었다. 입지란 그 누구도 빼앗을 수 없는 자신만의 실력을 갖출 때 비로소 얻을 수 있다고 믿었던 어머니의 신념이 뜨거운 교육열로 이어진 것이다.

책임감으로 똘똘 뭉친 '장남 정신'

유복한 집안의 7남매 중 장남으로 태어난 이지송은 장남이라는 이유로 많은 사랑과 특권을 누렸다. 다른 형제에게 허용되지 않았던 것을 장남이라는 이유로 할 수 있었고, 가질 수 있었고, 누릴 수 있었다. 어린 그는 그것이 마냥 좋았고, 또 당연하다고 생각했다. 그러나 나이가 들수록 그 사랑과 특권 뒤에는 장남으로서 짊어져야 할 의무와 집안의 기대가 적지 않다는 것을 깨달았다.

그가 장남의 무게를 처음 실감하게 된 것은 고등학교 3학년 때였다. 대전중학교를 졸업할 즈음 서울로 전근을 가게 된 아버지를 따라 가족과 함께 상경한 그는 경동고등학교(서울 성북구 삼선동 위치)를 다니며 좋은 성적을 유지했다. 지방에서 올라와 서울 아이들을 잘 따라갈 수 있을지 내심 걱정했던 부모는 그런

아들이 대견했고, 아들이 더욱 공부에 전념할 수 있도록 물심양면으로 도왔다. 효심이 남달랐던 그는 부모의 뜻에 부응하며 더욱 공부에 열중했다.

그렇게 세월이 흘러 고등학교 졸업을 목전에 둔 어느 날, 어머니가 학교 수업을 마치고 돌아오는 그를 조용히 불러 앉혔다. 진지하다 못해 결연한 어머니의 표정을 통해 그는 어머니께서 무언가 중대한 말씀을 하시려 한다는 것을 직감했다. '무슨 말씀을 하시려는 걸까?' 머릿속이 복잡했다. 방안을 맴도는 무거운 침묵 속에서 그의 심장은 빠르게 요동쳤다.

"지송아, 이 어미는 네가 앞으로 의사의 삶을 살아갔으면 좋겠구나."

의사. 짧지만 무거운 침묵을 깨고 어머니의 입에서 흘러나온 말은 그가 단 한 번도 자신의 업(業)으로 삼고 싶다고 생각해 본 적이 없는 단어였다. 아니, 이때의 그는 공부를 열심히 하기는 했지만 아직까지 자신의 미래에 대해 구체적으로 그림을 그려본 적이 없었다. 그뿐만 아니라 대부분의 학생들이 그러했다. 제대로 공부만 해도 족하다고 생각할 정도로 시국이 너무도 어수선했던 때였기 때문이다.

"중학교 3학년이 되기까지 책상에 제대로 앉아 공부해 본 기억이 없습니다. 교실은 미군이 차지하고, 흙바닥에 앉아서 공부했는데 사실 공부라기보다는 하루 종일 남북통일이니, 북진통일이니, 휴전 결사반대와 같은 것만 이야기하다가 하루 수업을 마치곤 했습니다."

1940년생인 그와 동시대에 태어난 세대들은 전쟁 통에 초등학교를 다녔고, 한국전쟁이 끝나고 아직 그 상흔이 고스란히 남아 있던 혼란스러운 시기에 중학교를 다녔다.

그가 회고한 대로 학교라고는 하나 교실은 미군의 차지였고 천막에서 변변한 책걸상도 없이 흙바닥에 앉아 공부해야 했다. 이러한 상황에서 어떻게 학교 수업이 제대로 이루어질 수 있고, 학생들이 공부에 전념할 수 있겠는가? 또 무슨 경황이 있어 자신의 미래에 대해 구체적으로 꿈꾸고 계획할 수 있겠는가? 이들은 공부를 하고 싶은 마음이 간절해도 할 수 없고, 미래에 대한 꿈을 꾸는 것이 사치처럼 느껴질 정도로 어려운 시대를 살아야 했던 불운한 세대였다.

이날 어머니의 제안은 이지송의 마음에 큰 파문을 일으켰다. 여태껏 자신의 진로에 대해 별다른 말없이 묵묵히 지켜보기만

하던 어머니가 처음으로 내비친 의중이자 바람이었기 때문이다. 그 바람은 그의 어깨를 무겁게 짓눌렀다. 지금까지 내색하지 않았을 뿐, 어머니의 마음에 장남으로서 자신이 차지하는 자리가 결코 작지 않음을 명확하게 알았기 때문이다.

"장남이 잘되어야 집안이 잘된다."

남성 중심의 봉건적인 가족문화를 중시하는 집안에서 자란 그는 어렸을 때부터 집안 어른들에게 이 말을 수없이 들어왔다. 어린 마음에도 그 말을 들을 때마다 뭔가 모를 부담감을 느꼈지만 그 여운이 오래가지는 않았다. 집안 어른들이 자신을 볼 때마다 으레 하는 말이기도 했거니와 너무도 막연하게 느껴졌기 때문이다. 그러나 어머니가 그 으레 하는 말, 막연하게 느껴지던 말을 구체화시키면서 그는 전에 경험하지 못했던 장남의 무게를 실감했다.

그는 어머니의 권유를 두 말 없이 받아들였다. 딱히 뭘 하고 싶다는 생각도 없었던 데다 의술로 사람들의 병을 고치고 살리는 의사의 삶이 그리 나빠 보이지 않았기 때문이다. 무엇보다도 장남인 자신에게 거는 어머니의 기대를 저버리고 싶지 않았다.

그는 장남으로서 짊어져야 하는 짐이 아무리 무거워도 그것을 감당해야만 한다고 생각했다. 다른 것을 생각할 겨를 없이 그것이 자신의 몫이고 책임이라고 여기며 장남으로서 그 모든 것을 감내하며 살았다.

사회에서도 마찬가지였다. 그는 어떤 조직에 있든 한 집안의 장남처럼 조직원들을 챙기고, 자신에게 주어진 의무와 책임을 다했다. 늘 솔선수범하고 베풀고 책임지는 그의 장남 정신은 집안을 지키고, 벼랑 끝에 서 있는 현대건설을 살리고, 평범했던 경복대학을 동북권의 중심 대학으로 키우고, 국내 최대 공기업 LH의 통합을 성공적으로 일구어낸 원동력이 되었다.

그런데 왜 어머니는 큰아들이 의사가 되기를 바랐을까? 추측해보건데, 의사였던 사촌형이 결정적인 영향을 미쳤으리라 생각한다. 사회적으로 존경받고 선호하는 직업이기도 하거니와 가까운 친척이 의사를 하고 있으니 어머니의 마음이 동하지 않았겠는가. 그때를 회고하며 했던 이지송의 말은 이 추측에 신빙성을 더한다.

"그때 어머니는 의사인 사촌형 얘기를 하며, 너도 그와 같이 의사의 길을 가야한다고 하셨습니다."

효심이 빚어낸 운명과의 만남

어머니의 뜻에 따라 의과대학에 지원한 이지송. 그러나 그쪽과는 인연이 아니었는지 그는 연거푸 낙방하고 말았다. 당시 자신뿐만 아니라 가족들의 낙심이 매우 컸는데, 특히 의사가 되기를 간절히 바라던 어머니의 마음은 이만저만이 아니었다.

어머니에게 실망을 안겨드렸다는 생각에 그의 마음은 하염없이 무너졌다. 조부모를 모시고 자신 아래 여섯 남매를 거두며 큰살림을 꾸리는 와중에도 자신의 뒷바라지를 단 한 번도 소홀하지 않았던 어머니였기 때문이다. 그 수고와 정성을 알기에 그는 언제까지고 절망감에 빠져 있을 수 없었다.

그의 재수생활은 그렇게 시작되었고, 다시는 어머니를 실망시키지 않겠다는 굳은 각오로 공부에 전념했다.

시간이 흘러 어느덧 대학 입시일이 점점 다가왔다. 그 누구보다 열심히 공부했지만 결전의 날이 다가올수록 재수 생활 내내 그를 괴롭혔던 불안과 두려움은 점점 커져갔다. 어떤 날은 '만에 하나'라는 생각에 한참동안 마음이 어지러워 공부에 집중하지 못하기도 했다. 그러나 이내 "노력은 배신하지 않는다."는 말을 가슴속에 되새기며 공부에 열중했다.

그러던 중, 여태껏 아들의 진로에 대해 가타부타 말이 없던 아버지가 그에게 뜻밖의 권유를 했다. 한양대학교 토목공학과에 진학해보는 것이 어떻겠냐는 것이었다. 지금까지 의과대학 입학을 목표로 달려온 그는 아버지의 권유가 당혹스러웠다. '왜 갑자기 이런 말씀을 하시는 걸까?' 혼란스럽기도 했다. 그러나 아버지께 그 이유를 묻지 않았고, 아버지도 그 이유를 말씀해주시지 않았다.

그는 왜 이유를 묻지 않았을까. 여러 가지 이유가 있겠지만 가장 큰 이유는 부모에 대한 효심에서 비롯된 행동이었을 것이다. 그를 곁에서 지켜본 사람들이 입을 모아 얘기할 정도로 그의 효심은 매우 깊다.

현대건설에서 생사고락을 함께했던 강희용 전 LIG건설 사장의 회고 내용을 보면 그가 얼마나 효자였는지 짐작할 수 있다.

강희용이 현대건설 시화방조제 공사 현장의 소장으로 있을 당시 수자원공사 본부장으로 있던 전 남원시장 최중근과 함께 세 사람이 술자리를 하게 되었다. 취기가 점점 올라올 무렵 이지송이 잠시 자리를 비우게 되었는데, 그 사이 최중근이 강희용에게 이지송을 가리키며 이런 말을 했다.

"나는 그를 모든 면에서 이길 자신이 있는데, 딱 두 가지 따라갈 수 없는 것이 있어. 그게 뭔지 알아? 하나는 골프 실력이고 또 하나는 부모님께 효도하는 거야."

이러한 지극한 효심은 그의 어린 시절에 뿌리를 두고 있다. 효(孝)를 중시하는 전형적인 봉건적 가족문화 속에서 성장한 그에게 효는 자식으로서 지켜야 할 가장 중요한 덕목이었고, 그 효의 기본은 부모의 말을 따르는 것이었다. 즉, 효심이 깊은 그에게 부모의 말은 곧 거스를 수 없는 명령과 같았고, 평생 그는 부모의 말이 설령 많은 수고가 따르는 일이라고 할지라도 마치 천명처럼 따랐다.

현대건설에서 근무하던 시절, 그는 해외 현장에 나가는 일이 잦았는데 그때마다 늘 편지로 부모님께 안부 인사를 올렸다. 눈코 뜰 새 없이 바쁜 와중에도 일주일에 한 통씩 편지를 써서 모아두었다가 한 달에 한 번씩 집으로 발송했다.

왜 편지였을까? 편하게 전화를 드릴 수도 있었는데 말이다. 당시 국제전화 요금이 비싸기도 했지만 그것은 아버지가 늘 "남자는 밖에 나가면 일에만 집중해야 한다."고 말씀하셨기 때문이다. 이처럼 부모의 말 한마디도 천금처럼 여기는 그가 당시 아버지의 권유를 쉽게 뿌리칠 수 있었겠는가? 더구나 의과대학 입학은 자신이 간절히 원했던 목표가 아니라 어머니의 기대에 부응하기 위한 것이 아니었던가. 따라서 아무리 어머니에 대한 효심이 지극한 그였어도 스스로 원하던 목표가 아니었던 만큼 아버지의 뜻을 거스르면서까지 그 목표를 달성하겠다는 의지가 부족했을 것이다.

그렇다면 이때 어머니의 반응은 어땠을까? 큰아들이 의사가 되기를 간절히 바랐으니 거센 반대가 있었으리라 예상되지만 의외로 어머니의 반응은 담담했다. 부부간의 충분한 논의가 이루어졌는지도 모르고, 봉건적 가족문화 속에서 평생을 일부종사(一夫從事)하며 살았던 만큼 아내로서 남편의 뜻에 토를 달지 않았는지도 모른다.

그 이유야 어찌되었든 이렇게 그는 아버지의 권유로 인해 진로를 급선회하게 되었고, 이 선택은 그가 50여 년 동안 걷게 될 '건설인의 삶' 그 첫 번째 출발점이 되었다.

그는 이때 이루어진 모든 일이 마치 운명이라고 생각했다. '의과대학 낙방'과 '아버지의 뜻밖의 권유', '한양대학교 토목공학과 합격' 등이 톱니바퀴처럼 서로 맞물려 돌아가며 이미 정해진 운명, 즉 건설인의 삶을 살아가도록 자신을 이끌었다고 믿었다.

그는 그 운명의 수레바퀴가 돌아가는 데 있어 아버지가 결정적인 역할을 했다고 생각했다. 그는 아버지의 권유가 없었다면 지금의 자신은 존재하지 않았을 것이라고 여기며 기회가 있을 때마다 아버지에 대한 고마운 마음을 표현했다.

> "오늘날에 이르기까지의 내 삶은 그때 결정된 것이 아닌가 싶습니다. 그게 운명이었던 것이지요. 지금 생각해보면 그때의 진학 결정으로 한 생(生)을 살아가게 되었으니 늘 아버지께 감사하는 마음입니다."

대한민국 최고의 댐 전문가가 되다

온 힘을 다해 꿈을 향해서

아버지의 권유로 운명처럼 한양대학교 토목공학과에 입학한 이지송은 1963년 졸업을 맞이하게 됐다. 대학 생활 중 그에게 벌어진 가장 큰일을 꼽으라면 사랑하는 어머니가 갑작스럽게 세상을 떠난 일이었다. 어머니와의 이별은 그에게 정신적으로 큰 고통을 주었을 뿐만 아니라 삶에도 큰 변화를 가져왔다. 평탄하게 흘러가던 그의 인생 그래프가 아래로 꺾이기 시작한 것도 그 무렵이었다.

어머니는 마흔네 살, 죽음을 생각하기에는 너무도 이른 나이에 세상을 떠났다. 당시 대학교 3학년이던 그는 물론 갑작스러운 비보에 가족들이 받은 충격은 상당했다. 어머니를 잃은 슬픔과 공허감에 온 가족이 극심한 고통에 시달렸다.

그러나 그는 오랫동안 슬픔에 잠겨있을 수 없었다. 집안의 가장인 아버지와 함께 장남으로서 어머니의 부재로 인해 생기는 현실적인 문제들을 해결해나가야 했다. 큰살림을 묵묵히 꾸리던 어머니의 부재는 집안에 여러 혼란을 가져왔고, 하나에서부터 열까지 가족들은 어머니의 빈자리를 채워나가야 했다.

어머니를 잃은 슬픔이 채 가시기도 전에 엎친 데 덮친 격으로 이때부터 가세까지 기울면서 가족의 고통은 더욱 가중되었고, 그 과정 속에서 그는 장남으로서 가족을 부양해야한다는 의무감을 더욱 강하게 갖게 되었다.

특히 성인이 되기도 전에 어머니를 잃은 여섯 명의 어린 동생들을 생각하면 그의 의무감은 더욱 배가될 수밖에 없었다. 그가 대학을 졸업하고 ROTC 육군소위로 군복무를 마치자마자 곧바로 취업 전선에 뛰어든 것도 이러한 의무감이 결정적인 역할을 했다.

그의 첫 직장은 지금의 국토교통부의 전신이라고 할 수 있는 건설부 산하 영남국토건설국 남강댐 건설사무소였다. 남강댐은 경상남도 진주시 판문동과 내동면 삼계리 사이에 축조된 길이 977m, 높이 21m에 이르는 다목적댐으로, 이 댐이 축조된 가장 큰 이유는 남강 유역의 홍수 피해를 막기 위함이었다.

예로부터 진주를 포함한 남강 유역은 홍수 피해가 극심하기로 유명했던 지역으로, 1940년에 발행된 《진주대관(晋州大觀)》을 보면 그 피해상이 상세하게 기록되어 있다. 남강 유역에 1920년, 1925년, 1933년, 1936년 네 차례에 걸쳐 대홍수가 있었는데, 이 가운데 1936년에 있었던 홍수의 피해 규모가 가장 컸다. 그해 8월 26일부터 28일까지 쏟아진 폭우와 태풍으로 인해 진주읍내 전체가 물에 잠기고 복구의 희망조차 가지기 힘들 정도로 폐허가 되고 말았다.

이렇듯 비참하고 끔찍한 재난이 일어난 결정적인 이유는 폭우로 인해 남강의 수위가 빠르게 상승하여 9.5m에 이르렀기 때문이다. 남강의 물이 급격히 불어나 장대동 제방이 터지고 성벽의 일부가 무너지면서 손을 쓸 틈도 없이 진주읍내가 순식간에 침수된 것이다.

남강의 수위가 급속히 상승한 이유는 그 유역의 연강수량이 워낙 많은데다, 남강이 진주에서 북동쪽으로 흘러 만나는 낙동강 하류 일부 구간의 폭이 500~800m밖에 이르지 않아 홍수가 났을 때 물의 흐름이 원활하지 못했기 때문이다.

이러한 지형적 특성을 언급하며 이곳에 제방을 쌓아 남강 유역의 홍수를 방지하자는 주장이 조선시대부터 있었고, 이러한 필요성이 계속 제기되면서 1936년 일제 강점기에 드디어 공사가 착수되었다. 그러나 2차 세계대전, 한국전쟁 등 여러 가지 이유로 공사는 중단되고 말았다.

이러한 구구절절한 역사를 가진 남강댐 공사가 재개된 것은 1962년이었다. '한강의 기적'의 토대가 되었다고 평가되는 경제개발 5개년 계획(1차)의 일환으로 남강댐 공사는 다시 착공되었고, 그 역사 속에 그가 있었다.

남강댐 건설사무소에서 그가 근무한 기간은 1965년 5월부터 1966년 9월까지였다. 1962년에서 1969년까지 햇수로 8년 동안 진행된 공사였으니, 그가 일한 기간은 그리 길지 않았던 셈이다. 그러나 이 시간이 없었다면 지금의 그는 없었다고 해도 과언이 아닐 정도로 이곳에서의 경험은 그가 50여 년 동안 건설인의 길을 걷는데 매우 중요한 역할을 했다. 현장 속에서 건설의 실재를 배워가며 건설인으로서의 기반을 탄탄히 다질 수 있었기 때문이다.

그가 남강댐 건설사무소에서 건설인으로서의 첫걸음을 성공적으로 뗄 수 있었던 결정적인 이유는 그의 피나는 노력 때문이었다. 낮에는 현장에서 일하는 선배들의 모습을 보면서 건설의 실재를 배우고, 밤에는 하루도 빠짐없이 낮에 배운 내용들을 두꺼운 노트에 하나하나 기록해가며 공부했다.

그는 혼신을 다해 직장 선배들의 가르침을 배우고 익혔으며, 모르는 것이 있으면 상대방이 귀찮아할 정도로 묻고 또 물었다. 또한 구할 수 있는 자료는 모두 구해 숙지하며 현장에서의 실전과 이론을 섭렵해나갔다. 이렇게 온 몸을 던져 건설을 배우려고 노력했던 이유는 이때 비로소 '대한민국 최고의 건설인이 되겠다.'는 꿈을 갖게 되었기 때문이다.

대학에서 이론으로만 토목공학을 배웠던 그에게 눈앞에 펼쳐진 남강댐 건설 현장은 그야말로 신세계였다. 무(無)에서 유(有)를 창조하는 건설 현장은 그의 가슴을 벅차게 했고, 그 중심에서 있는 임경근 소장, 최해수 과장, 이성재 기사, 차을배 기사 등 선배 건설인의 모습은 마음에서 절로 존경심을 불러일으켰다. 그는 그들처럼 훌륭한 건설인, 더 나아가 대한민국 최고의 건설인이 되고 싶다는 꿈을 품게 되었다.

"꿈은 강력한 힘을 가지고 있다. 꿈은 모든 역경과 위기를 극복하고 자신이 원하는 인생을 향해 앞으로 나아가게 한다." 이지송은 이러한 꿈의 힘을 굳게 믿는 사람이었다. 그래서 그는 미래에 대한민국을 짊어지고 갈 학생들이나 직장 후배들을 만나면 늘 꿈을 꾸라고 당부했다. 그는 꿈을 꾸는 것이야말로 인생의 주인공으로 살아갈 수 있는 근간이자 최선의 길이라고 생각했다. 실제로 그가 수많은 성취를 이룰 수 있었던 것도 바로 꿈꾸기를 멈추지 않았기 때문이었다.

"나는 오늘날 카리스마형 CEO의 대명사처럼 일컬어지지만 어린 시절의 나는 기업가가 될 만한 기질을 전혀 찾을 수 없을 만큼 얌전하고 눈에 띄지 않는 아이였습니다. 그런데 이러한 성향이 건설인으로서 사회에 투신하면서 큰 전환점을 맞이하게 되었습니다. 건설인으로서 큰 꿈을 품기 시작하면서 조금씩 바뀌기 시작했지요."

건설인으로서 그에게 꿈을 갖게 하고 그로 인해 변화의 시작점이 된 곳이 바로 남강댐 건설 현장이었다. 꿈이 생기자 그는 자신이 얼마나 부족하고 공부해야 할 것이 많은 사람인지 절감하게 되었다. 그가 남강댐 건설 현장에서 밤낮으로 배우고 익히기에 혼신을 다했던 이유는 바로 이러한 깨달음에서 비롯된 행동이었다.

댐 전문가로 키워준 수자원개발공사

남강댐 공사를 뒤로 하고 그가 건설부에서 맡게 된 다음 일은 한강 유역 개발조사 업무였다. 1960년대 이후 우리나라는 급격한 인구 증가와 경제개발 계획이 시행되면서 많은 양의 전력과 용수를 필요로 하게 되었다. 이에 정부는 물 자원을 체계적으로 활용할 수 있는 방법을 고심했고, 그 해결책으로 막대한 돈을 들여 강 유역 조사 사업을 실시했다.

한강 유역을 비롯해 영산강 유역, 섬진강·동진강 유역, 낙동강 유역, 금강 유역 등이 그 대상이었고, 이 조사 결과는 국내 종합 수자원 개발의 첫 토대가 되었다.

강 유역 조사 사업은 1966년 3월 한강 유역 조사 사업을 시작으로 5년에 걸쳐 체계적으로 진행되었다. 처음 한강 유역 조사 사업은 건설부와 미국 내무부 개척국·지질조사소가 합동으로 실시하였고, 그는 1966년 10월부터 이 합동 조사단에 합류하여 한강 유역 개발조사 업무를 담당했다.

그러다가 조사 사업이 1967년 11월에 설립된 한국수자원개발공사(현 한국수자원공사)로 이관되면서 그가 일하던 한강 유역 합동조사단도 수자원개발공사로 흡수되었다. 건설부에서 수자원

개발공사로 그의 직장이 바뀐 것이다. 본의 아니게 수자원개발공사의 직원이 된 그는 1969년 12월까지 한강 유역 조사 업무를 맡았다.

그 이후에는 주로 댐 건설과 관련된 일을 했는데, 이때 그가 참여했던 댐 공사에는 소양강댐(1967년 4월 착공~1973년 10월 준공)과 안동댐(1971년 4월 착공~1976년 10월 준공)이 있다. 이들 댐 공사에서 공무과장으로 일하면서 댐 건설에 관한 모든 것을 배워나갔다. 이때 축적된 경험과 전문성은 그를 자타가 공인하는 '댐 건설 전문가'로 성장시키는 발판이 되었다.

그러던 어느 날, 댐 건설 분야에서 이름을 점점 알리게 된 그에게 당시 대한민국 건설업계에서 독보적인 우위를 점하고 있던 현대건설이 스카우트 제의를 해왔다. 강 유역 조사 결과, 앞으로 물 부족 사태가 발생할 우려가 있다는 결론에 도달한 수자원개발공사가 안정적인 물 공급을 위해 댐 건설에 주력하면서, 여느 국내 건설사와 마찬가지로 댐 공사 수주에 관심을 가지고 있던 현대건설이 이 분야에 정통한 인재를 찾고 있던 것이다. 남강댐을 비롯해 소양강댐, 안동댐 공사를 주도하며 댐 건설 전문가로 명성을 얻기 시작하던 그가 현대건설의 눈에 띈 것은 너무도 당연한 일이었다.

현대건설로부터 스카우트 제의를 받은 그는 깊은 고민에 빠졌다. 수자원개발공사는 십 년을 몸담은 직장인 데다 건설인으로서의 기반을 다지고 댐 건설 전문가로서의 면모를 갖추는데 밑거름이 되어준 의미 깊은 곳이었기 때문이다. 그에게 수자원개발공사는 단순한 직장이 아니었던 것이다. 그러나 결국 그는 현대건설을 택했고, 그 이유는 오직 하나였다.

"나름대로 가족을 가장 중시하며 살아왔습니다. 일제시대와 6.25, 4.19 등 현대사의 격동기를 살아오면서 어머님을 일찍 여의고 여섯 명의 동생을 부양하느라 힘들게 살았습니다. 공직생활을 포기하고 현대건설에 입사한 것도 결국은 가족을 부양하기 위해서였습니다."

이제까지 그래왔듯 선택의 기로에서 그는 장남으로서 가족을 부양해야 하는 책임을 다하기 위해 자신의 행로를 결정했다. 이러한 측면에서 건설인으로서 그의 삶은 곧 장남의 삶이었다고 해도 틀리지 않다. 한 집안의 장남으로서 그에게 주어진 의무와 책임은 그를 건설인의 길로 이끌었음은 물론 그 길을 50여 년 동안 쉼 없이 달리게 하는 하나의 원동력이 되었다.

만약 그에게 장남으로서의 의무와 책임을 다하고자 하는 강한 의지가 없었다면 어땠을까? 어쩌면 그는 50여 년 동안 그 지난했던 건설인의 길을 걷지 못했을 지도 모른다. 그가 대한민국 건설업계의 거목으로 우뚝 서기까지 그 뿌리를 지탱한 힘은 한두 가지가 아니었을 테지만 장남으로서 그 책임을 다하겠다는 강한 의지는 분명 빼놓을 수 없는 결정적인 힘이었다. 그 근간에는 가족에 대한 사랑과 부모에 대한 효심이 있었다. 이 두 가지는 강화제처럼 그의 장남 정신을 더욱 견고하게 만드는 작용을 하며 그가 수많은 사회적 성취를 이룰 수 있도록 했다.

특히 효심은 그의 사회적 성취의 출발점이라고 해도 과언이 아니다. 그의 지극한 효심은 중요한 인생의 기로에 섰을 때마다 방향지시등 역할을 했고, 그는 절대적인 믿음으로 전력을 다해 달렸다. 따라서 그에게 평생을 일관되게 유지해온 효심이 없었다면 우리는 지금의 그를 만나지 못했을지도 모른다.

모두가 인정하는 최고가 되다

1976년 6월, 마침내 그는 오랜 고민 끝에 공직을 떠나 민간기업인 현대건설에 몸담게 되었다. 그리고 현대건설에 입사하고 얼마 뒤인 1977년 대청댐 공사 현장 공무부장으로 발령을 받았다. 그가 공사에 참여한 대청댐은 대한민국에서 세 번째로 큰 댐으로, 4대강 유역 종합개발 계획의 일환으로 1975년 3월 착공해 1980년 12월에 완공되었다.

대청댐은 콘크리트 중력댐(gravity dam, 重力)과 사력댐(rock fill dam, 砂礫)으로 구성된 복합형 댐이다. 콘크리트 중력댐이란 철근과 콘크리트를 주재료로 만든 댐을 말하고, 사력댐은 주변에 있는 흙, 자갈, 모래, 바위 등을 이용해 만든 댐을 말하는데 두 댐은 서로 상반된 장단점을 가지고 있다.

콘크리트 중력댐은 건설 과정에서나 평상시에는 안정성이 높지만 충격에 약하고 공사비가 많이 든다는 단점이 있다. 반면 사력댐은 주변에 있는 흙, 자갈, 모래, 바위 등을 이용하는 만큼 공사비가 적게 들고 지진 등의 충격에는 강하지만 물이 넘칠 경우 붕괴될 우려가 높다. 따라서 대청댐 공사를 성공적으로 수행하기 위해서는 두 가지를 모두 경험한 전문가가 필요했다.

그는 콘크리트 중력댐은 물론 사력댐 공사까지 맡아서 주도한 경험이 있는 댐 건설 분야의 베테랑 중 베테랑이었다. 그가 수자원개발공사에서 공무과장으로 일하며 댐 건설 전문가로 내공을 쌓던 시절 맡았던 소양강댐이 동양 최대 규모의 사력댐이자 국내 최초의 사력댐이었기 때문이다. 이런 그가 대청댐 현장에 투입되었으니 현대건설의 입장에서는 천군만마를 얻은 격이었다. 게다가 그는 '더 하려고 해도 더 할 게 없는' 혼신의 노력으로 매순간 최선을 다했다.

그와 대청댐 현장에서 함께 일했던 최재동 전 현대건설 전무이사의 기억을 빌어 당시 그가 얼마나 열심히 일에 매진 했는지 살펴보기로 하자.

1977년, 최재동은 대청댐 현장에서 공무과장으로 재직 중이었다. 그러던 어느 날, 새로운 공무부장이 발령을 받아 현장으로 내려온다는 소식을 들었다. 직속 상사가 내려오는 만큼 어떤 사람일까 무척이나 궁금했다. 그런 와중에 신임 공무부장에 대한 몇 가지 정보를 듣게 되었는데 수자원개발공사 출신이고, 고향이 충청도라는 것이었다. 공기업 출신에 충청도 사람이라고 하니 온건하고 느긋한 사람일 것이라고 짐작했다. 그러나 첫 대면 자리에서 그의 예상은 보기 좋게 빗나갔다.

"이지송 공무부장은 악수를 나누는 손에서 절도가 느껴졌고, 눈빛은 형형하게 빛났으며, 또렷한 음성에서는 특유의 기(氣)가 느껴졌습니다. 또한 공기업 출신에게서 흔히 볼 수 있는 무사안일주의에 젖은 모습은 전혀 찾아볼 수 없었지요. 회사 일을 자기 일처럼 생각하며 매사에 최선을 다했습니다. 자신에게 주어진 업무를 완수하는 데 그치지 않고 업무의 전반을 파악하고 장악하며 주도해나갔어요. 부장직의 위치에서 현장 업무를 파악하는 것이 아니라 전체 조직을 관리하는 리더의 눈으로 프로세스를 파악하려는 모습이 인상적이었습니다."

혼신을 다해 노력하는 모습은 그가 있는 모든 현장에서 이루어졌다. 이지송은 현대건설에서 근무하는 동안 국내는 물론 해외에서 진행된 수많은 수자원 관련 공사에 참여하여 주변 사람들이 혀를 내두를 정도로 일에 매진했다. 건설부와 수자원개발공사 시절부터 현대건설 시절에 이르기까지 그가 그렇게 굵은 땀방울을 흘려 완공한 댐 공사만 해도 무려 아홉 개에 이른다. 대한민국 건설사에 큰 획을 그은 대표적인 댐들 곳곳에 그의 혼이 배어 있다고 해도 과언이 아닌 것이다. 덕분에 그는 국내외에서 인정하는 최고의 댐 전문가가 되었다.

"수많은 현장을 거치면서 내가 익힌 공법과 새로운 공법을 비교하며 그 모든 지식을 '내 것'으로 만들고자 최선의 노력을 다했습니다. 이런 세월이 켜켜이 쌓이다보니 댐에 관한 모든 분야에서 일취월장할 수밖에 없었고 자타가 공인하는 댐 전문가가 될 수 있었지요."

수인사대천명

자기변혁으로 현대맨의 입지를 얻다

습관은 무섭다. 운명마저 바꿀 수 있다고 하지 않는가. 습관이 무서운 것은 한 번 몸에 붙으면 태어날 때부터 타고난 본성처럼 잘 고쳐지지도 않고 수시로 겉모습을 통해 드러나기 때문이다. 이지송은 어렸을 때부터 조부와 아버지의 가르침을 통해 이러한 습관의 무서움을 너무도 잘 알고 있었다. 그래서 그는 늘 나쁜 습관이 굳어지는 것을 경계했고, 이미 형성된 나쁜 습관은 고치려고 노력했다.

그가 공직 생활을 청산하고 민간기업인 현대건설에 입사한 후 치열하게 자기변혁을 꾀했던 것도 이러한 이유 때문이었다. 십여 년 동안 공직 생활을 하면서 알게 모르게 몸에 밴 관(官) 스타일을 버리기 위해 그는 직위에 연연하지 않고 초심으로 돌아가 일을 배워나갔다.

처음 발령받은 대청댐 현장의 경우 1인 多역을 해야 하는 현장 여건 때문에 자신의 업무를 처리하는 것만으로도 벅찬 상황이었다. 하지만 그는 전혀 개의치 않고 모든 공사수행 과정을 꼼꼼하게 기록했다. 또한 업무를 파악하기 위해서라면 현장의 어린 경리 직원이나 본사의 말단 직원에게도 묻고 배우기를 주저하지 않았다. 그는 필요한 것은 누구에게나 다 배운다는 자세로 지위고하를 막론하고 겸허하게 상대의 말을 경청하고 늘 학습하는 자세를 가졌다.

그는 자신의 부족함을 채워줄 수 있는 사람은 누구나 스승이 될 수 있다고 생각했고, 가장 어리석은 사람은 자신이 똑똑하고 많이 배웠다고 자만하며 더 이상 배우려 하지 않는 사람이라고 여겼다. 공부는 죽을 때까지 하는 것이며 그래야만 발전이 있고 어떤 분야에서든 성공할 수 있다고 믿었던 것이다.

그의 이러한 배움의 자세는 어머니의 가르침에서 비롯된 것이었다. 살아생전 그의 어머니는 아들에게 입지를 가진 사람이 되라고 당부하면서 그 입지는 배움을 통해 얻을 수 있는 것이니 늘 배움을 게을리하지 말라고 강조했다. 어머니의 가르침대로 그는 평생 배우는 자세를 견지해왔고, 그것은 그가 어느 곳에서, 어떤 직함으로, 어떤 위치에 있든 괄목할 만한 성취를 이루는 밑거름이 되었다.

늘 그래왔듯 현대건설에 입사한 후에도 자신의 부족함을 채워줄 수 있는 모든 사람을 스승으로 여기며 치열하게 공부한 그는 단기간에 사내 행정시스템을 터득하고 민간기업형 인재로 거듭났다. 당시 그와 함께 일했던 많은 사람은 현대건설 역사상 외부에서 영입된 인재 중 가장 빠르게 '현대맨'으로 체질을 변모시킨 사람으로 이지송을 기억하고 있다.

불가능을 가능으로 바꾸는 '하면 된다' 정신

현대맨으로 거듭난 그는 시간이 흐를수록 뼛속까지 진정한 현대맨이 되어갔다. 현대맨을 상징하는 대표적인 말이 무엇인가. 바로 '하면 된다'다.

현대는 세상 사람들이 불가능하다고 얘기하는 일들에 과감하게 도전, 불굴의 투지와 강인한 추진력으로 불가능을 가능으로 바꾸는 '하면 된다' 정신을 대표하는 기업이다. 특히 현대그룹의 만형인 현대건설은 '하면 된다' 정신에서 출발하고 성장한 회사라고 할 수 있다.

'하면 된다'는 말은 간단명료하지만 그 안에는 많은 뜻이 담겨 있다. 목표를 달성하기 위해 어떤 어려움도 극복하겠다는 확고한 신념과 불굴의 의지, 그에 상응하는 혼신의 노력이 담겨 있다. 즉, '하면 된다' 정신은 강력한 신념과 의지, 상상을 초월하는 노력이 수반될 때 성립되는 것이다. 도전은 많은 난관이 따르고, 그 난관은 저절로 극복되는 것이 아니기 때문에 '하면 된다'의 공식이 성립되려면 어떠한 난관도 극복할 수 있는 강한 정신력과 치열한 노력이 반드시 필요하다.

그는 현대건설에 근무하는 동안 '하면 된다' 정신으로 무장하고 수많은 도전을 극복해가는 현대그룹의 창업주 정주영 명예회장의 모습을 수없이 목격했다. 그리고 그 모습은 그의 모든 것을 송두리째 뒤흔들 정도로 엄청난 영향력을 발휘했다.

무엇보다 그가 '대한민국 최고의 건설인이 되겠다.'는 꿈에서 '대한민국 최고의 리더가 되겠다.'는 더 큰 꿈을 꾸게 만든 중요한 계기가 되었다. 정주영 회장은 그에게 대한민국 최고의 건설인이자 리더였고, 그런 까닭에 그에게 이보다 더 훌륭한 롤모델은 없었다.

그는 주저 없이 부모님 다음으로 존경하는 사람을 정주영 회장이라고 말할 정도로 그를 본받으려고 노력했고, 평생토록 그 노력을 이어왔다. 그래서 이길재 전 동양건설산업 사장은 정주영 회장이 현대건설 최고경영자 자리에 있던 시절 그 밑에서 경영을 배운 '정주영 키즈' 가운데 이지송 만큼 가장 확실한 '현대맨'은 없다고 단언했다.

"그가 정주영 명예회장의 흉상을 건립하는 것을 보고 현대건설에 몸담았던 그 어느 누구보다도 가장 확실한 현대맨이고, 그 어느 누구보다도 현대건설과 그 전통을 사랑한다는 것을 느꼈습니다."

2005년 그는 현대건설 임직원과 함께 현대정신을 계승, 발전시키자는 의미에서 그룹의 모태인 현대건설 본관과 고인의 숨결이 살아 있는 서산간척지에 정주영 회장의 흉상을 세웠다. 현대건설과 그 전통을 진심으로 사랑하지 않으면 결코 할 수 없는 일이었다. 그 근간에는 정주영 회장에 대한 그의 깊은 존경심이 자리하고 있었다.

정주영 정신, 현대정신을 그 누구보다 사랑하고 따랐던 그는 어느 순간부터 자연스럽게 '수인사대천명(修人事待天命)'이라는 말이 가슴에 와 닿았다. 일반적으로 수인사대천명은 "사람이 할 수 있는 일을 다하고 하늘의 명을 기다린다."는 뜻의 진인사대천명(盡人事待天命)과 동의어로 쓰이는데, 두 말은 언뜻 같은 의미처럼 보이지만 약간의 차이가 있다.

진인사대천명은 '최선의 노력을 다했으나 결과를 전혀 예측할 수 없으므로 모든 것을 하늘의 뜻에 맡긴다.'는 수동적인 의미가 강하고, 수인사대천명은 '하늘의 명을 기다리는데 그치지 않고 사람의 힘으로 할 수 있는 일을 끝까지 다했으니 당연히 결과가 좋을 것을 확신하고 하늘의 명을 통해 성공을 확인한다.'는 능동적인 의미가 강하다. 그래서 이지송은 보다 능동적인 삶의 태도를 내포하고 있는 수인사대천명이란 말에 마음이 더 끌렸고, 이 말을 인생의 좌우명으로 삼았다.

그런데 수인사대천명은 말만 다를 뿐 '하면 된다' 정신과 일맥상통한다. 두 말은 모두 '노력은 반드시 좋은 결과를 가져온다는 확고한 신념을 가지고 최선의 노력을 다하면 못 이룰 것이 없다.'는 의미를 가지고 있기 때문이다. 정주영 회장이 '하면 된다' 정신으로 모든 사람이 무모하다고 말하는 것에 도전하기를 주저하지 않고 그에 따르는 난관을 극복했듯, 그 역시 수인사대천명의 정신으로 자신 앞에 주어진 도전과 난관을 헤쳐나갔다. 정주영을 본받으려고 노력하는 과정에서 그는 어느 새 또 하나의 정주영이 된 것이다.

그는 세상에 불가능한 일은 많지 않다고 생각했다. 인간의 능력은 한계가 없기 때문에 모든 일이 가능하다고 믿었다. 그러한 믿음으로 최선을 다하면 능히 이루지 못할 일이 없고, 이러한 마음 자세를 가진 사람만이 그 어떤 일도 해낼 수 있다고 생각했다.

그의 이러한 확고한 신념은 거저 얻어진 것이 아니었다. 오랜 세월 수많은 경험을 통해 길러진 것이며, 특히 현대건설 시절의 경험들은 그 신념의 나무가 단단하게 뿌리를 내리고 크게 성장할 수 있는 자양분이 되었다. 만약 그의 인생에 현대건설이 없었다면 모든 사람이 회의적인 반응을 보였던 수많은 도전을 가능한 현실로 바꾸지 못했을 것이다. 또한 건설인으로서, 또 리더로서 그의 이름 앞에 붙은 수많은 수식어는 어쩌면 요원한 일이 되었을 지도 모른다.

이지송 깃발이 나부끼던 날

해외 건설에서 더욱 빛나던 리더의 자질

그가 현대건설에서 보낸 23년의 세월은 현장 생활의 연속이었다고 해도 과언이 아니다. 1976년 6월에 입사해 1999년 9월 퇴임할 때까지 그는 국내는 물론 해외 현장의 곳곳을 누비며 많은 땀방울을 흘렸다. 특히 23년 가운데 타국에서 보낸 11년간의 생활은 그가 가장 혼신을 다해 신명나게 일한 시절이었다.

그가 일했던 해외 현장은 대부분 흙먼지와 모래바람이 날리는 험난한 곳이었다. 현대건설의 창업주 정주영이 "늘 해외공사의 성패는 그곳에서 일하는 인재들의 손에 달려 있다."고 말해 왔기 때문이다. 특히 정주영은 열악한 환경의 현장일수록 어떤 인재를 포진시키느냐가 매우 중요하다고 생각했다. 이러한 그의 경영 철학은 모두 경험에서 비롯된 것이었다.

1965년 9월, 현대건설이 국내 건설업계 사상 최초로 국제 입찰을 통해 태국의 파타니(Pattani)-나라티왓(Narathiwat) 고속도로 공사를 수주했다. 그것을 시작으로 해외 건설의 닻을 올린 우리나라 건설업계는 1970년대 중반 이후 사회 인프라 건설에 주력하던 중동으로 활발하게 진출했다.

통계 자료에 따르면 1974년 8,900만 달러에 그쳤던 중동 건설의 총 수주액이 이듬해 7억 5,100만 달러로 급격히 증가했고, 1977년에는 33억 8,700만 달러에 이르렀다. 이는 1975년 전체 건설 수출액의 93퍼센트, 1977에는 96퍼센트를 차지하는 규모였다. 활발한 중동 진출로 1975~1979년 사이에 벌어들인 외화는 무려 총 205억 700만 달러에 달했다. 이 금액은 당시 대한민국 총 수출액의 40퍼센트에 해당하는 것으로, 당시 우리나라 건설업계에 중동 진출 바람이 얼마나 거세게 불었는지 가히 짐작할 수 있다.

그때 당시 중동 건설 진출에 선두 역할을 했던 건설사는 다름 아닌 현대건설이었다. 1975년 이란 반다르 압바스(Bandar Abbas) 동원훈련 조선소 공사 수주를 시작으로 1976년 사우디아라비아 주바일(Jubayl) 산업항 공사로 중동에서 큰 성공을 거둔 현대건설은 당시 건설시장이 포화상태에 달해 고민에 빠져 있던 국내 업체들을 중동으로 끌어들이는 역할을 했다. 여기에 정부까지 합세해 '해외 건설 촉진법'을 제정, 해외 진출을 독려함으로써 국내 건설업체들이 너도나도 중동으로 달려갔다.

그 과정에서 그러나 적지 않은 부작용도 발생했다. 많은 업체들이 중동 건설 시장에 뛰어들면서 덤핑 입찰이 공공연하게 이루어져 수익률이 현저히 떨어졌고, 중동 국가들의 기후나 풍토, 관습 등 여러 가지 사정을 잘 알지 못한 상태에서 무작정 사업에만 뛰어들어 피해를 입는 기업들이 상당했다.

해외 건설은 국내와는 전혀 다른 환경에서 진행되는 일인 만큼 치밀하게 계획을 세워도 예기치 않은 변수가 발생하여 위기에 처하는 경우가 많았다. 당장의 수익에만 눈이 멀어 무작정 덮어놓고 덤벼드는 식의 해외 건설 시장 진출은 위험천만한 일이었고, 현대건설의 정주영 회장은 이미 여러 차례의 해외 공사 경험을 통해 이 사실을 너무도 잘 알고 있었다. 그래서 그는 열악하고 힘든 해외 현장일수록 현장에서 일한 경험이 풍부한, 특히 현지에서 잔뼈가 굵은 인재들을 투입했다.

이지송이 11년이라는 기나긴 세월을 험난하고 만만치 않은 해외 현장으로 파견 나갔던 이유도 이와 무관하지 않다. 정주영이 해외 건설의 성패를 좌우하는 가장 큰 요인을 '인재 확보'로 보았던 만큼 그에 대한 신뢰를 바탕으로 중요한 임무를 맡겼다는 것에 대해 누구도 부인하지 못할 것이다.

한때 일각에서는 그가 외부에서 영입된 인재인 만큼 학연과 지연에 밀려 열악한 해외 현장으로 밀려났다고 보는 견해도 있었다. 설사 그 추측이 사실이라고 해도 이지송은 이에 크게 연연하지 않았다. 늘 그래왔듯 노력하면 이루지 못할 일이 없다는 확고한 신념을 가지고 있었고, 무엇이든 필요한 것은 모두 배워서 자기 것으로 만든다는 배움의 자세를 견지했다. 그는 그저 매 순간 최선을 다하며 맡은 임무를 성실히 수행하면 그만이었다.

더구나 그는 해외에서 주로 현장을 대표하는 소장의 자리에 있었기 때문에 혼신을 다해 일하지 않을 수 없었다. 현장을 진두지휘하는 소장이 대충대충 일을 하는데 그 부하 직원들과 현장 근로자, 협력업체 직원들이 어떻게 열심히 일을 하겠는가.

이지송은 큰 조직이든 작은 조직이든 조직이 잘되려면 리더가 늘 솔선수범하는 자세로 그 구성원들의 본이 되어야 한다고 여겼다. 또한 리더는 구성원들과 항상 소통하면서 구성원들을 한마음으로 결집시키는 것에 집중해야 한다고도 생각했다. 그 것을 토대로 조직이 직면한 도전과 역경을 극복해나가야 조직의 발전을 이끌어낼 수 있다는 것을 경험을 통해 배우고 또 배웠다. 그것이 리더의 자질이며, 그러한 리더가 되기 위해서는 구성원들의 삶과 미래가 자신에게 달려 있다는 강한 책임감과 의무감은 기본이었다. 무엇이든 할 수 있다는 확고한 신념으로 도전 앞에 주저하지 않고, 누구보다 강한 자신감과 추진력으로 그 어떤 역경도 극복하고 앞으로 나가야 하는 것이 그가 생각하는 리더의 역할이었다.

그는 수많은 현장을 거치며 이러한 리더의 자질을 갖춰나갔고, 그 과정 속에서 '대한민국 최고의 리더가 되겠다.'는 꿈은 더욱 견고해졌다.

투지와 열정으로 현장을 이끈 투사

자신이 지향하는 리더의 모습이 내면화된 그는 어떤 해외 현장을 가든 그 면모를 드러냈다. 마치 그것이 천성인 것처럼 그는 정신적, 심리적으로 자신의 마음속에 깊이 자리한 리더의 모습으로 현장을 진두지휘했다. 그 대표적인 예가 말레이시아 트렝가누(Terengganu)의 케냐르댐 공사 현장 시절이다.

1979년 빈툴루(Bintulu) 심해항공사 부지정리 공사를 시작으로 말레이시아에 진출한 현대건설은 페낭대교, 케냐르댐 등 여러 공사를 수주하며 한국 경제의 효자 노릇을 톡톡히 하고 있었다. 당시 그는 1억 333만 달러 규모의 케냐르댐 공사에 현장 소장으로 투입되었는데, 여느 해외 현장과 마찬가지로 이곳 역시 근무 환경이 매우 열악했다.

특히 아열대 지역인 동남아 국가에서 흔하게 나타나는 열대성 강우(스콜, squall)는 공사 진행을 방해하는 것은 물론 일하는 사람들의 몸과 마음을 힘들고 지치게 하는 최대의 걸림돌이자 골치 아픈 존재였다.

1965년 국내 건설업계 사상 최초로 태국의 파타니-나라티왓 고속도로 공사를 수주하며 야심차게 해외 건설 시장에 출사표를 던진 현대건설은 처음 수주한 고속도로 공사를 완벽하게 마무리하겠다는 의욕으로 넘쳐 있었다. 더구나 공사 규모가 그때까지 국내 건설업체가 맡은 단일 공사 중 최고 금액이었기 때문에 현대건설이 이 공사에 임하는 자세는 사뭇 비장했다.

그러나 현대건설이 크게 간과한 것이 있었다. 현지 사정을 잘 알지 못했다는 것. 공사를 수주하는 것에만 집중했던 현대건설은 태국이 우리나라의 환경과는 전혀 다르다는 점을 놓쳤고, 이것은 공사 진행을 방해하는 걸림돌로 작용했다.

특히 하늘에 구멍이 뚫린 듯 시도 때도 없이 쏟아지는 폭우는 악몽 그 자체였다. 비가 내릴 때는 물론이고 비가 내린 후에도 땅이 질척해 공사가 좀처럼 진척되지 않았다. 공사를 하려면 많은 덤프트럭이 오가야 하는데 땅이 무르다보니 차량 바퀴가 빠져 옴짝달싹하지 못했던 것이다. 더구나 대부분의 덤프트럭들이 이 공사를 위해 일본에서 새로 구입한 것들이었다. 그 트럭들이 폭우로 인해 무용지물이 되었으니, 현대건설 입장에서 얼마나 난감했겠는가.

현대건설은 고생 끝에 공사를 무사히 마쳤지만 현장 대비가 부족했던 탓에 손실 또한 컸다. 그 대가로 많은 비용을 지불했지만 이 경험을 통해 해외 공사는 현지 사정을 파악하는 것이 무엇보다 중요하다는 값진 교훈을 얻었다.

이후로 현대건설은 해외 공사를 수주하는 데 있어 현지 사정을 파악하는 일에 소홀하지 않았고, 인력을 투입할 때도 현지 공사경험이 풍부한 인재를 선택했다. 덕분에 현대건설은 해외 건설 시장에 뒤늦게 뛰어든 다른 업체들과 달리 시행착오와 실패율을 크게 줄일 수 있었다.

그러나 제아무리 현대건설이라도 자연의 순리 앞에서는 속수무책이었다. 특히 동남아 현장의 열대성 강우는 이를 타개할 수 있는 뾰족한 방법이 없었다. 하늘에서 내리는 비를 인력으로 어찌 막을 수 있단 말인가. 그저 비가 오지 않거나 비가 빨리 그치기를 간절히 바라는 수밖에 없었다.

그가 주도한 말레이시아 케냐르댐 공사 현장에서도 마찬가지였다. 하루가 멀다 하고 쏟아지는 비를 하염없이 바라보는 날이 적지 않았고, 그는 속절없이 흐르는 시간 앞에 속이 바짝바짝 탔다. 공사 기간에 맞춰 댐을 완공하려면 정해진 시간 안에 댐 본체를 계획홍수위(計劃洪水位, 계획홍수량에 해당하는 물 높이) 이상으로 쌓아올려야 하는데 수시로 비가 내려 공기가 계속 뒤처지고 있었기 때문이다.

위기를 극복하기 위해서는 특단의 조치가 필요했다. 급기야 그는 댐 축조 현장 바로 옆에 텐트를 치고 직접 숙식을 해결하며 현장을 누비고 다녔다. 24시간 현장을 돌아다니면서 그는 공기를 단축시킬 수 있는 방법을 찾았고, 근로자들이 더 열심히 일하도록 독려했다. 그 모습은 마치 불도저 같았는데, 아무런 예고 없이 시시때때로 나타나 고함을 지르고 일일이 현장을 챙기는 소장 때문에 현장 직원과 근로자들은 한시도 나태해질 수 없었다.

이지송의 지휘 아래 공사가 숨 가쁘게 진행되던 어느 날, 댐 축조 현장 점검을 위해 현장을 찬찬히 둘러보던 전 현대건설 토목사업본부장 설평국은 믿기지 않는 광경을 목격했다. 댐 본체 상단 반대편에서 어떤 사람이 필사적으로 깃발을 흔들고 있었던 것이다.

당시 현장 상황은 국내에서는 볼 수 없는 초대형 덤프트럭들이 쉴 새 없이 질주해 픽업트럭을 타고 있어도 위협을 느낄 정도였다. 그러니 그 현장 한복판에 서서 깃발을 흔드는 것이 얼마나 위험천만한 행동이었겠는가.

'안전사고라도 나면 큰일인데…….' 겁이 덜컥 난 설평국은 부리나케 그곳으로 달려갔다. 그런데 가까이 다가가 보니 그 사람은 다름 아닌, 이지송이었다. 그 사람이 반장이나 인부라고 생각하고 따끔하게 한마디 하려고 벼르고 있던 설평국은 맥이 쭉 빠졌다. 현장 상황을 누구보다 잘 아는 소장이 그런 위험천만한 행동을 하고 있으니 얼마나 당황스러웠겠는가. 그런데 사정을 알고 보니 그는 다른 안전사고를 예방하기 위해 밀려드는 트럭들을 통제하려고 아찔한 현장 한복판에서 온 힘을 다해 깃발을 흔들던 것이었다.

당시 그와 함께 일했던 설평국은 케냐르댐 공사 현장에서 이지송은 '무조건 해내고야 말겠다.'는 투지와 열정으로 현장을 이끈 투사와 같았다고 회고했다.

"그때를 돌이켜보면 그의 행보는 상상하기 어려울 정도로 처절한 투쟁이었고, 내면에 열정이 없는 사람은 그 일을 결코 해내지 못했을 것이다. 그는 오로지 해내고야 말겠다는 열정으로 모든 어려움을 극복하는 투사와 같았고, 그 모습은 함께 근무하는 모든 직원의 마음에 감동과 희망을 주었다. 그렇게 그를 중심으로 모든 직원은 헌신적으로 일했고, 덕분에 성공적으로 댐 공사를 마칠 수 있었다. 그 성과를 인정받아 발주처로부터 당시로써는 큰 금액을 보상받기도 했다."

그는 어떠한 도전 앞에서든 항상 '되는' 방향으로 생각하는 리더였다. 또한 그 준비를 치밀하게 했고, 그 과정에서 역경에 부딪치면 이를 극복할 수 있는 방법을 찾기 위해 필사적으로 고민했다. 그리고 일단 방법을 찾으면 그것이 실현될 수 있는 가능성이 아주 희박하더라도 끝까지 희망을 놓지 않고 앞으로 앞으로 나아갔다. 그것이 언제, 어디서, 어떤 임무가 주어지든 '불가능'을 '가능'으로 바꾼 그의 힘이었고, 이렇게 불굴의 집념과 투지로 하나하나 성취를 이뤄가는 그의 모습은 함께한 모든 이의 마음에 큰 울림을 주었다.

목숨을 걸었지만
결코 후회는 없다

생사를 넘나든 전장의 한복판에서

그에게 11년간 보낸 해외 현장의 삶은 온 힘을 다해 눈앞에 직면한 도전과 역경, 스스로의 한계를 극복해나가는 기나긴 질주의 행로였다. 해외 현장에서 그의 삶은 치열함 그 자체였고, 특히 이라크 키르쿠크(Kirkuk) 상수도 공사 현장은 그가 건설인으로서 가장 치열한 삶을 보냈던 곳이다. 그때의 기억이 얼마나 머릿속에 깊게 각인되어 있는지 그는 뜻깊은 자리에 설 때마다 그곳에서 보낸 시간이 주마등처럼 스쳐 지나가곤 했다.

그뿐만이 아니다. 당시 그와 함께 일했던 사람들도 가장 기억에 남는 해외 현장으로 키르쿠크 상수도 공사 현장을 꼽는다. 도대체 그 현장이 어떠했기에 이곳을 거쳐 간 사람들은 이 시절의 일들을 좀처럼 잊지 못하는 것일까?

키르쿠크는 이라크 북부에 위치한 지역으로, 1976년부터 2006년까지는 타밈(Tamim)으로 불렸다. 타밈은 아랍어로 '국가 소유'라는 뜻으로 이곳에 이러한 의미의 이름이 붙여진 것은 여기에 많은 양의 석유와 천연가스가 매장되어 있었기 때문이다. 1998년 당시 이곳에 무려 100억 배럴 이상의 석유가 매장되어 있는 것으로 추정되었고, 현재 이라크 1일 산유량의 절반이 이곳에서 생산되고 있다.

키르쿠크는 이라크 북부의 최대 유전지대인 동시에 쿠르드(Kurdish)족의 중심지였다. 쿠르드족은 이란, 이라크, 터키, 시리아, 구소련 아르메니아 등 5개국에 걸친 쿠르디스탄 지역에 살고 있는 소수 민족으로, 그들은 오랜 세월 자신들이 거주하는 국가로부터 수많은 박해를 받아왔다.

쿠르드족이 박해를 받은 주된 원인은 자신들이 거주하는 국가에 동화되지 않고 분리 독립운동을 전개해왔기 때문이다. 이들은 오랜 세월 끊임없이 분리 독립운동을 벌였고, 그 과정에서 수많은 박해와 학살을 당했다. 특히 1991년 걸프전 당시 쿠르드족은 이라크가 펼친 민족말살 정책으로 가장 혹독한 시련을 겪어야만 했다.

비운의 민족인 쿠르드족이 대거 모여 살던 키르쿠크는 이들에게 매우 특별한 장소였다. 이라크 내에 거주하는 쿠르드족의 마음의 고향이자 그들 스스로 자신들의 영토라고 인식하는 지역이었다. 이런 곳에서 이들은 또 한번 시련을 당하게 되었다. 1980년대부터 본인들의 의지와는 전혀 상관없이 강제로 쫓겨나게 되는데, 그 이유는 당시 이라크 대통령이던 사담 후세인의 아랍화 정책 때문이었다.

키르쿠크가 위치한 이라크 북부는 쿠르드족들을 비롯해 투르크멘족, 아시리아인, 칼데아인, 아랍인, 아르메니아인 등 다양한 민족이 모여 사는 곳이었다. 이에 당시 사담 후세인은 이곳의 아랍화를 추진한다는 명목 아래 키르쿠크에 모여 살던 모든 소수 민족을 이라크 동부로 강제 이주시키고 그 자리에 아랍인들을 정착시켰다.

원래 자신들이 속한 국가에 고분고분하지 않고 분리 독립을 위해 격렬하게 무장 투쟁을 하던 쿠르드족은 이 일을 결코 간과할 수 없었다. 이곳을 되찾기 위해 끊임없이 분쟁을 일으켰고, 그 과정에서 수많은 사람이 희생됐다. 즉, 이라크에 사는 사람들에게 키르쿠크는 석유가 쏟아지는 축복받은 땅이자 끊임없는 분쟁이 발생하는 저주받은 곳이었다.

그가 키르쿠크 상수도 공사 현장에 근무했던 1980년대 중후반에도 자신들의 영토였던 키르쿠크를 되찾고자 하는 쿠르드족과 이들을 진압하는 이라크 정부 간의 무장 대립이 무척이나 격렬했다. 특히 쿠르드족의 저항이 매우 거셌는데, 그 이유는 이라크가 이란과의 전쟁으로 나라 전체가 혼돈 상태에 빠져 있었기 때문이다.

1980년 사담 후세인이 1979년 자국에서 일어난 혁명으로 인해 힘이 쇠약해진 이란을 공격하면서 발발한 이란·이라크 전쟁은 무려 8년 동안 지난하게 이어졌다. 오랜 전쟁과 대립으로 인해 두 나라는 어마어마한 인명 피해와 경제적 피해를 입어 양국 모두 석유 부유국에서 부채에 허덕이는 빚쟁이 나라로 전락하고 말았다.

오랜 세월 자신들이 거주하는 국가 내에 혼란이 발생할 때마다 호시탐탐 분리 독립을 요구했던 쿠르드족에게 이란·이라크 전쟁은 자신들의 빼앗긴 영토를 되찾고 더 많은 독립지역을 확보할 수 있는 절호의 기회였다. 그래서 그 어느 때보다 치열하게 무장 투쟁을 했고, 이에 맞선 이라크 정부는 이들을 더욱 강력하게 진압했다.

키르쿠크 상수도 공사 현장은 이러한 이라크 상황 탓에 하루하루 생사를 보장할 수 없는 전장의 한복판이었다. 이런 위험천만한 전쟁터에서 공사를 진행해야 했던 근로자들의 삶이 어찌 평탄할 수 있었겠는가. 특히 이곳 현장을 진두지휘해야 하는 막중한 임무를 맡고 있었던 이지송은 여러 차례 생사의 경계를 넘나들었다.

폭염 속에서 의식을 잃다

기나긴 이란과의 전쟁으로 거의 폐허가 되다시피 한 이라크는 물자가 넉넉하지 않았다. 설상가상으로 이란과의 전쟁으로 재정이 바닥난 이라크에서 당시 여러 개의 대형 프로젝트를 수행 중이던 현대건설의 재정상태도 말이 아니었다. 8개월마다 한 번 있던 휴가를 1년으로 연장할 정도로 허리띠를 졸라매야 하는 상황이었다. 이러한 어려운 여건 속에서 어떻게 공사가 원활하게 진행될 수 있었겠는가. 오랜 전쟁으로 인해 발주처인 이라크는 물론 회사까지도 돈이 궁한 데다 물자까지 구하기 어려워 키르쿠크 상수도 공사 현장은 그 준비 단계부터 난항을 겪었다.

당장 현장에 숙소를 지을 자재도 부족했다. 그러나 마냥 넋놓고 있을 수만은 없었다. 숙소는 일하는 사람들이 숙식을 해결하는 곳인 만큼 빠른 시간 내에 마련을 해야 했다. 고심 끝에 그가 찾아낸 방법은 이미 공사를 마친 현장에 버려진 사무실과 숙소를 철거한 뒤 그 자재를 재활용해 숙소를 짓는 것이었다. 마침 200~300㎞ 떨어진 곳에 준공 현장이 있었고, 그가 직접 직원들을 이끌고 그곳을 찾아가 망치를 들고 철거 작업에 나섰다.

그러나 한낮이면 50℃를 넘나드는 폭염과 사흘이 멀다 하고 불어대는 모래 폭풍 할라스 때문에 작업은 결코 쉽지 않았다. 할라스는 '마지막', '끝'이라는 뜻을 지닌 아랍어로, 할라스가 불면 1m 앞도 보이지 않는 데다 숨도 쉬기 어려웠다. 또한 그 모래바람 속에 돌멩이까지 섞여 날아와 그저 피하는 게 상책이었다. 그러다 보니 직원들은 그가 직접 철거 작업에 나서는 것을 극구 말렸다. 이런 악조건 속에서 하루 이틀도 아니고 몇 주 동안 철거를 하고 쓸 만한 자재를 선별하는 일은 건장한 20대 청년도 하기 어려운 일이었다.

이지송은 이러한 환경 속에서도 전혀 개의치 않고 묵묵히 솔선수범하며 작업을 주도했고, 그러다가 결국 정신을 잃고 쓰러지고 말았다. 실신한 그는 신속하게 바그다드로 후송되었다. 그러나 며칠 동안 의식을 찾지 못했고, 현지 의료진은 그의 생사를 가늠하기 어려운 위험한 상태라고 진단했다.

그렇게 며칠이 흘렀을까. 그가 극적으로 깨어났다. 이 모습을 보고 놀란 의료진은 그의 강한 의지 덕분에 의식불명 상태를 이겨낼 수 있었다고 말했다. 그가 의식을 되찾자 걱정과 불안 속에서 힘든 나날을 보내던 직원들은 가슴을 쓸어내리며 안도의 한숨을 내쉬었다. 그런데 그는 되레 그런 직원들을 걱정하고 공사 진행 상황을 물었다. 사경을 헤매는 와중에도 그는 자신의 안위보다는 오직 직원과 회사 일만을 염려했던 것이다. 이 모습에 직원들은 숙연함을 느꼈고, 이 일을 계기로 직원들은 그를 더욱 믿고 따르게 되었다.

당시 그와 함께 일했던 삼성물산 건설부문 부사장 김인섭의 얘기는 그가 직원들에게 어떤 상사였는지 짐작하게 한다.

"당시 이지송 소장님은 어떤 역경에도 굴하지 않고 현장을 지키셨습니다. 그 모습을 통해 근면함과 검소함, 성실함을 배웠고 존경심을 갖게 되었습니다. 그와 같은 분이 계셨기에 지금의 현대건설이 존재할 수 있었다고 굳게 믿습니다."

미국의 16대 대통령 링컨은 이런 말을 했다. "나는 단 한 번도 모든 경우에 적용할 수 있는 정책을 세운 적이 없다. 나는 그 시점에서 가장 의의 있는 일을 시도해왔을 뿐이다."

이지송 그도 그랬다. 그는 항상 그 시기에 가장 중요하다고 생각하는 일에 혼신의 힘을 다해 집중하고 전력을 다했다. 그래서 그는 어떤 상황에서도 답을 찾아냈고, 그 일을 성공적으로 마무리했다. 정주영이 살아생전 "결사적으로 고민한 사람만이 답을 낼 수 있다."고 강조했던 것을 행동으로 실천하고 그 말이 진실임을 눈앞에 펼쳐 보인 사람이 바로 그였다. 그래서 그는 자신이 살아온 삶에 대해 이렇게 평가했다.

"후회 없는 인생이란 없다고들 말한다. 누구나 지난 날에 대해 '그때 그러지 않았다면 좋았을 것을……. 또는 '그때 그렇게 했다면 더 나은 결과가 있었을 텐데…….' 하며 후회하기 때문이다. 나는 평소 이 말이 지나온 날에 대한 아쉬움이 남게 마련인 우리네 인생을 위로하는 좋은 말이라고 생각한다.

그런데 나는 후회 없는 인생을 살았다. 어느 한순간도 아쉬움이 남지 않는 삶을 살았다고 말한다면 믿기 어려워하는 이도 있을 것이다. 그러나 엄연한 진실이다. 내가 항상 최고의 결과를 냈다는 말이 아니다. 항상 그 시

기에 가장 중요하다 싶은 일에 전력을 다했기 때문에 후
회가 없다는 뜻이다."

따뜻한 인간애가
만들어낸 용기

키르쿠크에서 벌어진 사고

이지송은 이라크 키르쿠크 상수도 공사 현장에서 수년의 시간을 보냈다. 그 기간 동안 그는 바로 눈앞에서 미사일이 떨어지는 전쟁의 위험 속에서 수없이 많은 위기와 긴박했던 순간과 마주했다. 그중 그가 가장 긴박했던 순간으로 기억하고 있는 일은 1987년 3월에 있었던 일이다.

키르쿠크는 이라크 정부에 대한 무장 투쟁을 지속해온 쿠르드족의 중심지이자 쿠르드 반군의 활동 근거지로 이곳에서 많은 외국인이 쿠르드 반군에 의해 납치되었다가 대가를 지불하고 석방되는 일이 빈번하게 일어났다. 이러한 만일의 사태를 대비하여 현대건설 키르쿠크 상수도 공사는 이라크 현지 경찰의 삼엄한 경비 속에서 진행되었다.

그러던 중 1986년 8월 9일 새벽 4시 경, 현지 경찰의 보호 아래 야간 방수작업을 하던 한국인 두 명과 방글라데시인 열일곱 명이 감쪽같이 사라졌다. 이때 이지송은 현장에 없었다. 모처럼 여름방학을 맞이한 아이들과 휴가를 보내기 위해 한국에 잠시 귀국한 이후였기 때문이다. 그는 앞으로 일어날 일은 까맣게 모른 채 한국에 도착하자마자 본사에 들러 몇 가지 업무를 처리하고 예정대로 가족과 함께 강원도로 여행을 떠났다.

키르쿠크에서 근로자들이 실종되었다는 소식을 접한 현대건설 본사는 그야말로 발칵 뒤집혔다. 회사 전체는 비상체제에 들어갔고, 현지 공사의 총책임자인 이지송의 소재를 파악하기 위해 동분서주했다. 그러나 휴대전화가 없던 시절이라 그의 소재를 파악하는 것조차 결코 쉽지 않았다. 그가 대한민국 어디에 있는 줄 알고 연락을 취한단 말인가.

결국 현대건설 직원들은 동서남북 네 방향으로 조를 짜서 국내의 모든 호텔에 전화를 걸었고, 천만다행으로 동쪽 지역을 맡은 직원이 세 번째로 건 전화에서 그의 소재가 파악되었다.

한편 그는 동해에서 가족과 즐거운 한때를 보내며 휴가 이틀째를 맞이하고 있었다. 그런데 이른 아침 난데없이 호텔 룸 전화벨이 울렸고, 그는 의아한 표정으로 전화를 받았다. 휴대전화도 없던 시절이고 다른 사람에게 행선지를 자세하게 알려주지도 않았던 터라 그가 묵고 있는 호텔에 이른 아침부터 전화할 사람이 없었기 때문이다. 잔뜩 목이 잠긴 목소리로 그가 전화를 받자마자 수화기 너머에서 다급한 목소리가 들려왔다.

"큰일 났습니다. 키르쿠크 현장에서 사고가 났습니다."

그 얘기를 듣자마자 그의 심장은 덜컥 내려앉았다. '사고라니…….' 그의 머릿속은 온갖 두려운 상상으로 회오리쳤고 두근거리는 가슴은 쉽게 진정되지 않았다.

"근로자들……. 사고 난 우리 근로자들은 어떻게 됐나? 혹시 잘못되었나?"

겨우 정신을 가다듬은 그는 가장 먼저 근로자들의 안부를 물었다. 회사 업무를 모든 사고의 중심에 두고, 일을 추진할 때는 서릿발 같은 분위기를 만들며 직원들을 매섭게 밀어붙이지만 사적으로 직원들을 대할 때는 한없이 따뜻한 그에게 직원들은 또 하나의 소중한 가족이었다. 그는 때론 부모처럼, 때론 맏형과 큰오빠처럼 직원들과 소탈한 모습으로 소통하고 그들을 따뜻하게 보듬는 자상한 리더였다. 대담하고 치밀한 경영 능력과 함께 따뜻한 마음과 인간애를 가지고 있는 그가 사고 소식을 듣고 근로자들의 안전을 가장 먼저 염려한 것은 너무도 당연한 일이었다.

천만다행으로 근로자들이 납치됐지만 살아 있는 것 같다는 대답을 들은 그는 일단 두근거리는 가슴을 쓸어내렸다. 그리고 전화를 끊자마자 모든 여행 일정을 취소하고 서둘러 서울로 향했다. 이때 차를 몰고 빗길을 달리던 그의 머릿속은 오직 한 가지 생각뿐이었다. '한시라도 빨리 사건 정황을 파악하고 근로자들을 구해야 한다는 것.' 그의 몸은 한국에 있지만 마음은 이미 키르쿠크에 가 있었다.

그가 현대건설 본사에 도착한 것은 오후 늦은 시간이었다. 하루 종일 그를 기다리고 있던 당시 현대건설 사장은 그를 보자마자 잘 쉬었느냐고 한 마디 묻고는 그의 손에 이라크행 비행기 티켓을 쥐여 주었다. 그만큼 상황이 긴박했던 것이다.

내 가족을 구하는 일

그 길로 이지송은 여러 나라를 경유하여 키르쿠크에 도착했다. 그리고 여러 날 동안 사건 경위를 파악하는데 주력했다. 하지만 누가, 왜 근로자들을 납치했는지 명확하게 밝혀낼 수가 없었다. 그는 애가 탔다. 특히 행방불명된 근로자들의 가족을 생각하면 마음이 새까맣게 탔다.

그렇게 가슴 답답한 상황이 계속되던 어느 날, 마침내 현지인들을 통해 수십 명의 이라크 반정부 세력인 쿠르드족 게릴라에 의해 근로자들이 납치되었다는 사실을 알게 되었다. 확실한 물증은 없지만 여러 가지 정황으로 쿠르드족 반군을 의심하고 있던 현대건설 직원들은 막상 그 추측이 사실로 드러나자 막막함을 느꼈다. 그때까지 쿠르드족 반군이 외국인들을 납치한 기록들을 살펴볼 때 그들의 손에서 근로자들을 구출하는 일이 결코 만만치 않다는 것을 너무도 잘 알았기 때문이다.

어디서부터 어떻게 시작해야 할지 암담했고, 만약 일이 틀어졌을 때 큰 책임을 질 수도 있는 일이었기에 그 누구도 나서려고 하지 않았다.

그런 상황 속에서 이지송은 자신이 총대를 메겠다고 자처하며 나섰다. 그것도 직접 쿠르드족 반군의 본부로 잠입해 협상을 벌여 근로자들을 구출하겠다는 의사를 밝혔다.

그는 왜 그런 위험한 선택을 했을까? 쿠르드족 반군이 납치한 근로자들을 볼모로 돈을 비롯한 몇 가지 사항들을 요구한다는 사전 정보를 입수했기 때문이다. 이전까지 어찌해야 할지 몰라 마냥 손을 놓고 있던 그의 입장에서는 협상을 통해 근로자들을 구할 수 있는 좋은 기회가 생긴 셈이었다.

그러나 더 중요한 이유는 따로 있었다. 그때를 회상하며 했던 그의 얘기를 들어보면 그 이유를 어느 정도 짐작할 수 있다.

"당시 근로자들의 목숨이 경각에 달려 있었습니다. 다른 방법을 모색할 시간적 여유가 없다는 판단이 들었지요. 시간을 끌다가 납치된 근로자들이 목숨이라도 잃는다면 최선을 다해보지 못한 나 스스로에게 평생 후회로 남을 것 같았습니다."

모두가 망설이는 일에 그가 선뜻 나섰던 것은 근로자들을 진심으로 걱정하는 마음, 그 진실한 마음과 인간애에서 비롯된 행동이었다. 그는 냉철하고 치밀하게 일을 계획하고, 일단 결심이 서면 주위의 어떤 시선에도 아랑곳하지 않고 과감하게 일을 추진하는 강인한 리더였지만, 그 어떤 계산도 하지 않고 진실한 마음으로 직원들을 대하는 인간적인 리더이기도 했다.

만약 그가 전략적으로 직원들을 보듬는 사람이었다면 일시적으로 상대를 감동시킬 수는 있지만 오랜 시간 속일 수는 없었을 것이고, 또 자신에게 해가 되는 일에는 결코 나서지 않았을 것이다. 그는 타고난 품성이 따뜻한 사람이었기에 어떤 위험을 무릅쓰고서라도 납치된 근로자들을 구하겠다는 결단을 내릴 수 있었다.

누구나 마음만 먹으면 따뜻한 인간애를 흉내 낼 수 있다. 다만 생사가 걸린 위급한 상황에서는 흉내를 낼 수도, 연기할 수도 없는 것이 인간애다. 이러한 품성을 타고난 사람만이 어떤 상황에서도 진실한 마음으로 인간을 사랑하고 끌어안을 수 있다. 이지송은 그러한 리더였고, 그와 함께 일한 사람들은 이 사실을 잘 알고 있었다.

그가 이끄는 구성원들이 강인한 리더로서의 그를 두려워하면서도 진심으로 존경하고 따랐던 것은 그가 진실한 마음과 인간애를 가진 리더였기 때문이다. 따뜻하고 자상한 그의 매력은 조직원들을 하나로 결집시키고 능력 이상의 실력을 발휘하게 만드는 힘으로 작용했다. 그가 어떤 도전과 역경 속에서도 조직원들과 함께 놀라운 성취를 이룰 수 있었던 것은 그의 따스한 품성이 마음 깊이 자리하고 있었기 때문이다.

그가 직접 쿠르드족 반군 본부에 몰래 들어가 협상을 벌여 근로자들을 구해오겠다는 의사를 밝히자 현대건설 직원들은 다른 방법을 찾아보자며 극구 만류했다. 그만큼 위험한 일이기도 했거니와 만약 반군과 협상한 사실이 이라크 정부에 발각될 경우 난처한 상황에 처할 수 있기 때문이었다.

이라크 현지 경찰의 철저한 감시 하에 있었던 현대건설을 비롯해 주요 외국인들은 이라크 정부 몰래 쿠르드족 반군과 협상을 벌이는 것 자체가 사실상 거의 불가능했다.

설사 협상을 벌이는 것에 성공해 납치된 근로자들을 무사히 구출한다고 해도 그 어느 때보다 쿠르드족 반군과 날선 대립각을 세우고 있던 이라크 정부가 반군과의 '협상'을 '거래'로 받아들일 수 있는 우려가 커 섣불리 움직일 수가 없었다. 오로지 근로자들을 구출하기 위한 순수한 목적의 협상이 이라크 정부의 눈에는 철천지원수인 쿠르드족 반군을 지원하는 모습으로 비춰질 수 있었던 것이다.

따라서 이라크 정부 모르게 협상이 이루어져야 했고, 그래서 그는 쿠르드족 반군 본부에 몰래 들어가 협상을 하겠다는 결심을 한 것이다.

일이 잘못되었을 경우 근로자들을 구출하기는커녕 그의 생사와 이라크 내에서 회사의 미래를 장담할 수 없는 아주 위험한 상황이었기에 직원들은 일단 반대를 하고 나섰지만 별다른 대안이 없었다. 결국 회사는 그의 결정을 따르기로 했다.

숨 가빴던 납치 근로자 구출 작전

1987년 3월 어느 날 밤, 이지송은 계획대로 쿠르드족 현지 복장으로 위장을 하고 그들의 소굴로 잠입했다. 언제 어떤 일이 벌어질지 전혀 예측할 수 없는 상황이었기 때문에 반군 소굴로 잠입한 그뿐 아니라 밖에서 협상 결과를 기다리는 직원들의 마음 또한 조마조마했다. 그러나 그는 마음이 약해질 때마다 자신의 손에 근로자들의 생사가 달렸다는 강한 책임감을 가지고 구출에 필요한 자료를 수집하고 혼신의 힘을 다해 협상에 임했다.

피를 말리는 협상은 며칠 동안 이어졌다. 시간이 지날수록 밖에서 결과를 기다리는 사람들은 애가 탔다. 그러나 노력한 보람도 없이 협상 결과는 회의적이었다. 그 와중에 쿠르드족 반군에 납치되어 무려 7개월간 억류 생활을 하던 한국인 근로자 두 명이 탈출을 시도했다. 이러한 탈출이 가능했던 이유는 무슨 수를 써서라도 기필코 납치된 근로자들을 구해내고야 말겠다는 필사의 각오로 구출 작전에 임한 이지송을 비롯한 현대건설 측의 노력이 있었기 때문이다.

그러나 안타깝게도 탈출은 단 한 명만이 성공했다. 탈출 도중 한 명이 너무 지친 나머지 이라크 정부군과 쿠르드족 반군이 대치하고 있는 경계지역에서 그만 낙오된 것이다. 낙오된 근로자의 가족은 물론 그를 비롯한 현대건설 직원들은 그가 무사하기를 간절히 바랐다. 그러나 마침 악천후까지 겹치면서 그는 결국 목숨을 잃고 말았다.

더욱 안타까운 것은 쿠르드족 반군이 그의 시신을 수습해 이란의 테헤란 한국 공관에 인도하려 했으나 당시 상황이 여의치 않아 그들의 점령지역 내에 있는 공동묘지에 묻었고, 이란·이라크 전쟁으로 그곳이 초토화되면서 시신조차 찾지 못하게 되었다는 것이다.

구출 작전에 어느 누구보다도 혼신의 힘을 다했던 그의 마음은 매우 무거웠다. 특히 숨진 근로자의 가족을 생각하면 가슴이 무너지는 듯 아팠다. 머나먼 타국에서 소중한 가족을 잃은 것도 모자라 그 시신조차 찾지 못했으니 그 슬픔과 원통함이 얼마나 컸겠는가.

예기치 못한 안타까운 사고를 겪었지만 직원들의 일을 항상 자신의 일처럼 생각하는 당시 이지송의 모습은 곁에서 지켜보는 사람들의 마음에 깊은 감명을 주었다. 진실하고 따뜻한 마음으로 직원들을 생각하는 리더와 그 리더를 가슴 깊이 존경하는 직원들이 똘똘 뭉쳐 일하는 현장이 어떻게 잘 안될 리가 있겠는가.

생사를 장담할 수 없는 전장 한복판에서 하루하루 치열하게 진행되었던 키르쿠크 상수도 공사는 우여곡절 끝에 큰 이익을 남기며 성공적으로 마무리되었다. 그리고 그때 함께 현장에서 생사고락을 함께했던 직원과 그 가족들은 아직까지도 끈끈한 유대감을 유지하며 소중한 만남을 이어나가고 있다. 이는 직원을 가족처럼 생각하고 인간관계를 무엇보다 중시한 그를 주축으로 자연스럽게 만들어진 'KIWAS'라는 이름의 모임이 있었기에 가능했다.

키르쿠크 상수도 공사를 하던 당시 이란·이라크 전쟁으로 외부와 전화 통화는 물론 편지를 주고받는 것도 거의 불가능했던 현장 직원들은 한국으로 휴가를 떠나는 직원 편에 보고싶은 가족에게 쓴 안부 편지를 전하곤 했다. 그때마다 현장 직원의 모든 가족이 한자리에 모이게 되었고 이 관례가 지금까지 쭉 이어져 공사가 끝난 뒤에도 그를 중심으로 모임을 갖게 되었던 것이다. 당시 모임에서 갓난아기였던 이들이 성장해 어느덧 성년이 되었다.

경험이 곧
실력이다

현장 경험이 인재를 만들다

현대건설에 입사한 후 20년이 넘는 기나긴 세월 동안 국내외 현장에서 뜨거운 열정과 투혼으로 놀라운 성과를 이뤄낸 이지송은 그 노력을 인정받아 현대건설의 여러 요직에 앉았다. 본부장을 거쳐 현대건설 부사장 자리에까지 올랐음은 물론 이에 그치지 않고 1999년 9월 현대건설이 주축이 되어 설립한 경인운하주식회사의 대표이사를 맡기도 했다.

그가 이뤄낸 성과에 비해 과소평가되었다는 의견도 있지만 현대건설이 외부에서 영입한 인재 가운데 그는 가장 성공한 인물이라고 해도 과언이 아니었다.

그가 이처럼 괄목할 만한 성취를 이룰 수 있었던 것은 최선의 노력을 다하면 이루지 못할 것이 없다는 확고한 신념과 그에 따른 어떠한 역경도 극복하겠다는 불굴의 의지, 그에 상응하는 혼신의 노력이 있었기 때문이다. 그에게 이러한 요소들이 없었다면 그는 현대건설에서 요직에 앉는 것은 고사하고 새로운 조직에서 오래 버텨내지 못했을 것이다.

여기에 현대건설 창업주 정주영 명예회장의 인재 발탁 원칙이 더해지면서 그는 현대건설에서 승승장구할 수 있었다. 정주영은 현장, 특히 해외 건설 현장을 거친 사람에게 요직을 맡기는 특별한 인재 발탁의 원칙을 갖고 있었기 때문이다.

앞서 언급한 바 있듯, 정주영은 해외 건설의 성패를 좌우하는 결정적인 요인을 '인재 확보'로 보았다. 해외 건설은 국내와 완전히 다른 환경에서 진행되는 공사인 만큼 예기치 않은 많은 역경과 도전이 뒤따랐다. 현지에 대해 잘 알지 못하고 강인한 정신력과 뛰어난 실력을 갖추고 있지 않은 사람은 성공적으로 일을 주도할 수 없는 곳이 바로 해외 건설 현장이었다. 그래서 정주영은 해외 건설 현장에서 잔뼈가 굵은 인재는 어떤 자리에 앉

혀도 자신이 맡은 일을 성공적으로 수행해낼 수 있다는 강한 믿음을 가지고 있었다.

특히 중동 건설 현장 경험이 풍부한 인재에 대해 무한한 신뢰를 가지고 있었다. 중동지역은 자연환경은 물론 관습, 문화, 내분 등 현지 진출을 어렵게 만드는 요인이 한두 가지가 아니었기 때문이다. 아주 작은 실수도 트집을 잡아 준공 검사를 뒤로 미루거나 이런저런 핑계를 대며 최종 공사대금을 지불하지 않는 일이 허다했다. 이러한 중동에서 모든 일을 완벽하게 수행하려면 현지 사정에 빠삭해야 함은 물론 어떤 어려움도 극복하겠다는 강한 의지와 추진력, 피나는 노력과 뛰어난 실력이 반드시 뒷받침되어야 했다.

그가 현대건설에서 책임 있는 자리에 오를 수 있었던 것도 중동 건설 현장에서 그가 이뤄낸 빛나는 성과 때문이었음은 너무도 당연한 일이었다.

현장에 모든 답이 있다

현대건설에서 태반의 시간을 현장에서 보낸 이지송은 그곳에서 건설인으로서의 내공을 다지고 또 다졌다. 현장은 그를 '영원한 건설인'으로 거듭나게 하고 성장시킨 '건설인 양성소'와 진배없었다. 그가 사무실보다 현장을 지키고, 현장을 무엇보다 중요하게 생각했던 이유는 현장이 자신을 진정한 건설인으로 성장시키는 데 큰 밑거름이 되었음을 너무도 잘 알고 있었기 때문이다. 그에게 현장은 수많은 도전과 역경을 선사한 시련의 장소이자 그가 진정한 건설인으로서의 면모를 갖추는 데 중요한 자양분이 된 운명의 장소였다.

그런데 그가 현장을 중시하는 또 다른 결정적인 이유가 하나 더 있었다. 수많은 국내외 공사 현장을 거치면서 '모든 문제의 답은 현장에 있다.'는 진리를 깨달았기 때문이다.

그는 공사 진행에 문제가 생길 때마다 말레이시아 트렝가누의 케냐르댐 현장에서처럼 아예 작업 현장 바로 옆에서 숙식을 해결하며 24시간 동안 그곳에서 모든 것을 일일이 챙기고 진두지휘했다. 그리고 그 과정 속에서 늘 문제 해결의 답을 찾았고, 이러한 경험이 쌓이고 쌓이면서 그는 어떤 조직이든 그 조직이 잘되려면 그 구성원들이 무엇보다 현장을 잘 알아야 한다는 신념을 갖게 되었다.

이러한 이유로 그는 어느 곳에서든 현장 경영을 누누이 강조하며 현장을 수시로 방문했다. 아무리 현장이 먼 곳에 있어도 그에게 현장 방문은 결코 빼놓을 수 없는 일과였다. 그의 방문은 대개 아무런 예고 없이 이루어졌다. 주말에는 직접 운전을 해서 불쑥 현장을 찾는 일이 잦아 '불쑥지송'이라는 별명을 얻을 정도였다.

현장에서 답을 찾는 그의 부단한 노력은 현대건설을 그만둔 이후에도 계속되었고, 그가 어디에 있든, 어떤 위치에 있든 놀라운 성취를 이루는 근간이 되었다.

현대건설은 그에게 수많은 도전과 역경을 통해 '영원한 건설인'으로 거듭나고 성장하는 데 가장 기름진 거름을 제공한 곳이었다. 그렇기 때문에 1999년 9월, 부사장을 끝으로 현대건설을 은퇴할 때 그의 심정은 복잡했다. 그러나 경인운하주식회사라는 또 다른 과업을 수행하기 위한 은퇴였기 때문에 서글프지만은 않았다.

늘 그래왔듯 경인운하주식회사로 적을 옮긴 그는 지금 자신이 가장 중요하다고 생각하는 일에 집중했고, 그 일을 완벽하게 수행하기 위해 혼신의 노력을 다했다. 덕분에 경인운하주식회사는 무리 없이 경인운하 사업의 토대를 다질 수 있었다.

그는 이 과업을 끝으로 경인운하주식회사 대표이사직을 그만두고 평소 소망하던 경복대학 교수로 자리를 옮겨 후학 양성에 전념했다.

아프리카 속담에 "빨리 가려면 혼자 가고, 멀리 가려면 함께 가라."는 말이 있다. 이 속담의 의미는 혼자서 길을 가면 빨리 갈 수는 있지만 금세 지칠 뿐만 아니라 위기에 부딪혔을 때 이를 극복하기 어려워 멀리 갈 수 없는 반면, 다른 사람과 함께 가면 그 속도는 느리지만 위기에 처했을 때 서로를 이끌어주어 더욱 멀리 갈 수 있다는 의미다. 그에게 현대건설을 살리는 길은 멀리 가야 하는 일이었다. 그 길은 수많은 도전과 역경이 도사리는 멀고도 험난한 길이었기에 혼자서는 한 발짝도 앞으로 나아갈 수 없었다.

기적의

시대

02,

벼랑 끝에 선 현대건설의 구원투수

현대건설의 위기

2001년 봄은 따뜻했다. 따사로운 햇살에 아지랑이가 피어오르고 흐드러지게 핀 벚꽃이 새하얀 눈처럼 지천을 덮어 보는 이의 가슴을 설레게 했다. 그러나 벚꽃 길을 따라 경복대학(경기도 포천시 신북면 위치, 1992년 설립)으로 향하는 이지송의 마음은 한없이 무거웠다. 2000년 11월 경복대학 토목설계학과 교수로 취임한 이후 지금까지 학생들을 가르치는 일은 더없이 즐겁고 행복한 일이지만 작년 초부터 지속적으로 들려오는 현대건설에 관한 소식이 그의 마음을 어지럽혔기 때문이다.

'왜 이 지경이 되었을까?' 그의 입에서는 자꾸만 한숨이 흘러나왔다. 지금의 현대건설을 떠올리면 마음이 안타깝다 못해 참담하기까지 했다. 한때 한국 건설업계에서 그 누구도 넘볼 수 없는 맹위를 떨쳤던 현대건설은 그가 회사를 떠난 직후 급격히 쇠락의 길을 걷기 시작했다. 그 나락은 끝이 없어 시공 능력 평가제도가 도입된 이후 42년 동안 평가 순위에서 1위를 차지하며 '건설업의 사관학교', '업계의 독보적 리더'라는 영광의 타이틀을 누리던 현대건설은 급기야 2000년 유동성 위기로 채권단 관리 기업으로 전락하고 말았다.

그에게 현대건설은 20년 넘게 생사를 넘나들며 혼신을 다해 일한 친정 같은 곳이자 진정한 건설인으로 거듭나고 성장하는데 결정적인 역할을 한 곳이었다. 이런 현대건설이 몰락하는 모습을 보는 그의 심정이 어떠했겠는가.

아무리 열흘 붉은 꽃은 없다지만 한때 건설업계에서 독보적인 우위를 점하고 있던 현대건설이 이처럼 쇠락의 길을 걷게 된 이유는 무엇일까?

전문가들은 그 원인을 여러 측면에서 진단하고 있다. 우선 과거에 비해 현대건설의 국내 수주 실적이 신통치 않다. 건설회사는 수주 여부에 따라 흥하고 망하는 법인데, 공사 수주율이 떨어지니 회사 살림이 좋아질 리 없었다. 기존에 현대건설이 거의 장악하던 국내 건설시장을 경쟁업체들이 맹렬히 잠식해오면서 현대건설은 구조조정과 주가하락, 유동성 위기에 빠졌다. 또 하나 '이라크 공사 미수금'은 현대건설이 쇠퇴하는 데 가장 결정적인 영향을 미쳤다고 지목되는 원인이다.

1978년 7월, 바스라(Basrah) 하수처리시설 1단계 공사를 수주하며 이라크에 진출한 현대건설은 대규모 공사를 연거푸 따내며 사우디아라비아에 이어 제2의 중동 특수를 이어갔다. 그러나 막대한 돈을 쏟아부으며 일한 보람도 없이 십 년 이상 발주처인 이라크로부터 공사대금을 받지 못했다. 그 공사대금이 이자까지 포함하면 무려 16억 5,492만 달러(한화 1조 6,833억 원)에 달하는 천문학적인 규모였다. 이 어마어마한 장기 미수채권은 두고두고 현대건설의 재정에 부담을 주었고, 결국 현대건설 파산의 직격탄이 됐다. 현대건설이 부도를 맞은 2000년 당기순손실 2조 9,800억 가운데 절반을 상회하는 돈이 이라크 장기 미수채권이었으니, 이 미수금이 현대건설이 몰락하는 데 얼마나 큰 타격을 주었는지 짐작할 수 있다.

그 무렵에 터진 일명 현대家의 '왕자의 난' 또한 현대건설을 몰락시킨 주요 원인으로 지목되고 있다. 이 사건으로 인해 그렇지 않아도 유동성 위기에 빠져 허우적대던 현대건설은 대외 신인도까지 하락해 더욱 궁지에 몰리게 되었다.

당시 '현대의 리더십 그 자체가 곧 정주영'이라고 할 정도로 강력한 카리스마를 앞세워 현대그룹을 이끌던 정주영은 병환이 깊어져 회사 업무를 거의 돌보지 못했다. 이에 정주영의 둘째 아들 정몽구(현 현대자동차그룹 회장)와 다섯째 아들 고 정몽헌(전 현대아산 회장)이 공동으로 그룹을 이끌었지만 둘의 관계는 언제 터질지 모르는 시한폭탄과 같았고, 결국 2000년 3월 14일 우려하던 그 폭탄이 터지고 말았다. 본격적인 경영권 다툼이 시작된 것이다. 그 과정에서 현대 전 계열사의 주가가 폭락했고, 이에 정부와 채권은행단은 현대그룹의 지배구조 개선, 경영진 문책 등을 요구하기에 이르렀다.

결국 정주영은 자신을 비롯해 정몽구, 정몽헌 삼부자가 모두 경영일선에서 물러나고 회사를 전문 경영인에게 맡긴다는 파격적인 경영개선 계획을 발표했지만 정주영이 2001년 3월 21일 세상을 떠나면서 이 계획은 모두 무산되었다. 이렇게 악재가 거듭 되면서 현대건설은 극심한 자금난에 시달리다 끝내 채권단 관리 기업으로 전락하고 말았다. 현대건설이 채권단 관리 기업이 되었을 당시 회사 적자가 무려 2조 9,000억 원, 부채가 4조 4,000억 원에 달했으니, 그 당시 현대건설의 재무상태가 얼마나 부실했는지 짐작할 수 있다.

이지송은 이 모든 과정을 먼발치에서 지켜보며 안타까움에 잠을 이루지 못하는 날이 많았다. 특히 두 아들의 경영권 다툼으로 벌어진 일을 수습하기 위해 거동이 불편한 몸을 이끌고 국민 앞에 선 정주영의 모습은 그의 마음을 아프게 했다. 정주영을 부모 다음으로 존경하고, 그의 신봉자라고 자처하는 그에게 병약한 모습으로 국민 앞에 고개 숙여 사죄하는 모습은 그를 고통스럽게 했다.

그리고 얼마 뒤 정주영이 세상을 떠나자 그의 영정 앞에 선 그는 참담한 슬픔에 눈시울이 뜨거워지고 가슴이 미어졌다. 살아생전 그의 밑에서 일하며 구둣발로 정강이를 걷어차이고 수많은 욕설을 들었지만 그를 진심으로 존경하고 따랐던 그에게 정주영의 죽음은 부모의 죽음과 다를 바 없었다.

비장한 각오로 올라탄 현대건설호

옛 명성을 잃고 채권단의 손에 넘어간 현대건설은 뼈를 깎는 구조조정에 들어갔다. 하루가 멀다 하고 수많은 직원이 회사를 떠났고, 운 좋게 살아남은 직원들은 그 모습을 착잡한 심정으로 지켜봐야 했다. 오늘은 살아남았지만 회사의 미래가 한 치 앞도 보이지 않는 암담한 상황이었기 때문에 그 누구도 구조조정의 칼바람으로부터 안전하지 못했다. 그래서 직원들은 늘 불안에 떨어야 했고, 그 불안을 견디지 못하고 제 발로 회사를 떠나는 직원들도 속출했다. 그 과정 속에서 직원들의 사기는 땅에 떨어지고, 세계 무대를 주름잡던 현대건설인의 자신감과 자부심은 온데간데없이 사라졌다.

게다가 채권단에 의해 처음 현대건설 사장으로 임명된 심현영 사장(2001년 5월~2003년 3월)이 건강 악화 등의 이유로 사의를 표명하면서 직원들의 마음은 더욱 어수선했다. 배가 바다에 가라앉기 일보직전인데 선장까지 내리겠다고 하니, 그 배에 타고 있는 선원들의 심정이 어떠했겠는가.

예기치 않게 심현영 사장이 사퇴하면서 잠시도 그 자리를 공석으로 비워둘 수 없었던 채권단은 심현영을 대신할 후임 사장을 물색하기 위해 발 빠르게 움직였다. 이지송을 포함한 여러 명의 인물들이 거론되었고, 오랜 논의 끝에 채권단은 이지송을 후임 사장으로 낙점했다.

채권단이 그를 선택한 결정적인 이유는 현대건설에 재직할 당시 토목뿐만 아니라 영업 분야에서도 남다른 능력을 발휘한 그가 위기에 빠진 지금의 현대건설을 회생시킬 수 있는 적임자라고 판단했기 때문이다. 현대건설 시절 그는 기술자로서 불가능하다고 여겼던 국내 영업본부 본부장직까지 완벽하게 수행해 내며 주변을 놀라게 한 바 있다.

2003년 3월, 경복대학에서 신학기 준비로 여념이 없던 그는 현대건설 사장 제의를 받고 극도의 혼란상태에 빠져 있었다. 친정과 다름없는 현대건설의 위기를 나 몰라라 외면하기도 그렇고, 그렇다고 좌초 직전에 내몰린 현대건설의 수장 자리를 수락하기에는 그 부담과 위험이 너무도 컸기 때문이다.

당시 현대건설 사장은 산적해 있는 문제들을 처리해야 하는 골치 아픈 자리로, 사장 제의를 기꺼운 마음으로 받아들이는 이가 거의 없었다. 그에게도 현대건설 사장 제의는 결코 기쁘지도, 영광스럽지도 않은 일이었다. 지금의 자신을 있게 한 현대건설과 정주영 회장을 생각한다면 지체 없이 그 제의를 수락해야 했지만 그 자리가 갖는 의미와 무게를 너무도 잘 알기에 그는 망설이고 또 망설였다.

한편 그의 가족을 포함한 주변 사람들은 사장 자리를 단번에 거절하지 않고 망설이는 이지송을 답답한 마음으로 바라봤다. 누가 봐도 가시밭길이고, 피해가야 하는 길인데 그 앞에서 주저

하는 그를 좀처럼 이해할 수 없었다.

특히 아내의 속은 새까맣게 탔다. 사장직을 제의받은 후 도통 잠을 이루지 못하는 남편을 보면서 그의 아내 역시 불안함과 초조함에 어찌할 바를 몰랐다. 오랜 세월 가장 가까운 곳에서 남편을 지켜본 사람으로서 그의 고뇌가 무엇을 의미하는지 너무도 잘 알고 있었기 때문이다. 평소 '아닌 것'은 주저 없이 잘라내는 남편의 성격에 비춰볼 때 계속 망설인다는 것은 그가 사장직 제의를 받아들일 가능성이 높다는 것을 의미했다. 아니나 다를까 예상대로 결국 남편은 그 제의를 받아들였다.

그렇다면 이지송은 왜 현대건설 사장직 제의를 수락했을까? 20년 이상 현대건설에 몸담으며 회사에 헌신했던 사람으로서 친정과 다름없는 현대건설의 위기를 외면하기 쉽지 않았고, 지금은 현대건설이 비록 위기에 처해 있지만 얼마든지 회생 가능하다는 확신이 있었기 때문이다.

"난파 직전의 친정을 외면하기도 난처하고, 그렇다고 파산 위기에 몰린 기업의 최고경영자라는 위험을 떠안는 것도 부담됐습니다. 또한 대학 강단에서 후학을 키우는 재미를 놓치는 것도 정말 아쉬웠습니다. 하지만 저에게 각별한 현대건설의 위기를 모르는 척 할 수 없었고 현대건설이라면 회생 가능하다는 확신이 있었습니다."

쓰러져가는 현대건설이 위기를 딛고 일어설 수 있다는 그의 확신은 매우 확고했다. 그래서 그는 모든 것을 걸고 현대건설 사장직을 수락했다.

"사장 제의를 받고 수차례 가족회의를 했습니다. 이때 여러 사람들이 나를 말렸지요. 어떤 친구는 '사장직을 수락하면 개인보증을 서야 하니까 반드시 재산정리는 하고 가라.'는 충고까지 했지요. 그러나 하지 않았습니다. 현대건설을 살리지 못하면 나 자신도 파산하겠다는 비장한 각오로 현대건설호에 뛰어들었습니다."

그는 실패하면 모든 것이 끝장이라는 '죽을 각오'로 유동성 위기의 불씨가 채 꺼지지 않은 현대건설호에 그렇게 올라탔다.

권토중래의 각오로 다짐한 세 가지 약속

절망을 희망으로 바꾸려는 의지

이지송이 현대건설 역사상 가장 힘든 시기에 사장으로 취임한 날은 2003년 3월 11일이었다. 당시 취임식장의 분위기는 한없이 무거웠다. 경영악화로 온갖 고통을 감내하고 있는 상황 속에서 임직원의 마음이 편할 리 없었다. 특히 고강도 구조조정으로 3천여 명에 이르는 직원이 회사를 떠나야 했고 그 모습을 보면서 남아 있는 직원들의 사기는 떨어질 대로 떨어져 있었다. 현대 특유의 자신감은 사라지고 회사 전반에 현대건설이 과거의 명성을 되찾을 가능성이 희박하다는 비관주의가 팽배했다.

이렇듯 좌절에 빠진 임직원을 마주한 그의 마음도 편치 않았다. 그러나 그는 현대건설은 반드시 회생할 수 있고, 반드시 회생시켜야 한다는 생각뿐이었다. 배수진을 치고 사장직을 수락한 그로서는 추락한 현대인의 자존심과 사기를 높이고 '하면 된다'는 현대 정신을 일깨워 직원들과 함께 이 위기를 극복해나가야 했다. 그래서 취임식 전 현대건설 사장 내정자 신분으로 임직원과 만난 자리에서 그는 이러한 포부를 밝혔다.

"권토중래(捲土重來)의 각오로 현대건설의 잃어버린 옛 영토를 되찾고 반드시 명예와 자존심을 회복하겠습니다."

이 포부는 어떠한 난관이 있더라도 벼랑 끝에 선 현대건설을 살리고야 말겠다는 굳은 다짐이자, 임직원에게 그 길을 자신과 함께하자는 가슴 절절한 성토였다. 짧지만 한없이 길게 느껴지는 무거운 침묵이 취임식장을 맴돌았다. 그 침묵을 깨고 그가 결의에 찬 목소리로 뱉은 취임 일성은 이것이었다.

"다시는 정든 직원이 회사를 떠나야 하는 상황을 만들지 않겠습니다."

혼신의 힘을 다해 현대건설을 회생시켜 임직원에게 지금과 같은 구조조정의 아픔을 겪지 않게 하겠다는 가슴 뭉클한 선언이었다. 이 취임 일성은 구조조정으로 정든 동료와 부하 직원, 상사를 떠나보내야 하는 고통 속에서 하루하루를 보내던 임직원에게 가슴 따뜻한 위로와 희망이 되었다.

취임식 날 그가 임직원 앞에서 세 가지 약속을 했을 때, 그 약속이 현실로 이루어지리라 확신하는 사람은 거의 없었을 것이다. 하지만 그의 확신에 찬 각오와 포부로 인해 임직원은 신임 사장에 대한 기대와 희망을 조금씩 품기 시작했다. 그 변화는 미미했지만 임직원에게 그저 현대건설을 스쳐가는 또 한 명의 사장, 또 한 사람의 노장에 불과했던 그가 그들에게 특별한 존재로 다가서는 그 시작점이 되었다.

무모한 도전일지라도 반드시 지켜야 한다

취임식 날 그가 임직원에게 했던 세 가지 약속은 이러했다.

첫째, 기필코 경영정상화를 이루어 구조조정이라는 미명 아래 직원들을 회사에서 내보내는 일이 없도록 하겠습니다.

둘째, 현대그룹 창업주 정주영 회장과 현대건설의 혼이 담긴 서산간척지를 되찾아 그 자산을 회생의 발판으로 삼겠습니다.

셋째, 오랫동안 받지 못한 이라크 공사 미수금을 받아 회사를 살리겠습니다.

이지송은 '반드시 해내고야 말겠다.'는 굳은 각오로 임직원에게 다음과 같은 세 가지 약속을 했지만 어느 것 하나 쉬운 것이 없었다. 대부분의 사람이 무모하다고 말하는 도전이었고, 사장직을 수락한 것 자체가 무모하다고 말하는 이들도 적지 않았다.

그는 '무모한 사람'이라는 말을 들으며 사장에 취임했고, 현실적으로 지금의 현대건설을 생각하면 그 말이 결코 지나친 우려는 아니었다. 그러나 예수가 자신이 십자가에 매달려 죽을 것을 알면서도 하나님의 뜻을 이루기 위해 자신에게 주어진 운명을 받아들였듯, 그는 현대건설을 살리는 것이 자신이 꼭 해내야만 하는 사명이라고 여기며 주위의 우려에도 불구하고 사장직을 수락했다.

따라서 취임식에서 그가 했던 약속은 자신에게 주어진 사명을 다하기 위해 '어렵지만 꼭 지켜야 하는 것'이었고, 이 약속은 자신뿐만 아니라 현대건설의 모든 구성원이 함께할 때 지켜질 수 있는 것이었다.

그는 취임식에서 했던 세 가지 약속을 지키기 위해 가장 먼저 땅에 떨어진 현대건설 직원들의 사기를 높이는 일에 주력했다. 직원들이 자신감과 의욕에 넘쳐야 어떤 도전과 역경도 함께 헤쳐 나갈 수 있다고 생각했기 때문이다. 그에게 직원들은 회사의 가장 중요한 자산이자 위기탈출의 돌파구였기 때문에 현대건설이 경영정상화를 이루려면 무엇보다 절망과 실의의 늪에 빠진 직원들을 구해내는 것이 급선무였다.

그가 직원들의 기를 살리기 위해 기울인 노력은 한두 가지가 아니었다. 우선 매일 아침 7시경 전 부서를 돌며 현대건설 특유의 '하면 된다', '불가능은 없다' 정신과 뚝심을 발휘할 수 있도록 회사 분위기를 조성했다. 아침마다 이루어진 이 순시는 그가 직원들의 사기를 진작시키기 위한 노력이자 너나없이 모두 함께 회사를 살리기 위해 일익을 담당해야 한다는 암묵적인 지시였다.

신입사원 입사식에 부모들을 초청해 자식들이 훌륭한 인재로 성장할 수 있도록 회사가 앞장서겠다는 약속을 하고, 신입사원들의 급여를 올려준 것도 직원들의 사기를 높이기 위한 노력 가운데 하나였다. 평소 인재를 중요하게 생각했던 그에게 무한한 잠재력과 가능성, 그리고 뜨거운 열정과 에너지를 가지고 있는 신입사원은 그 누구보다도 사기 진작에 관심을 기울여야 하는 존재였다. 이들의 기를 살리는 것은 병들어 죽어가는 회사에 새로운 피를 수혈하는 일이자 장차 현대건설을 짊어지고 갈 인재를 확보하는 일이었다. 그에게 신입사원의 사기 진작은 곧 현대건설의 오늘은 물론 내일을 밝게 하는 매우 중요한 임무였던 것이다.

이외에도 그는 회사에 크고 작은 일이 있을 때마다 되도록 직원과 가족이 함께하는 자리를 마련해 '우리는 하나'라는 일체감을 키웠고, 해외에 파견 나간 직원들에게는 자신이 직접 만든 영상편지를 보내기도 했다. 그의 이러한 노력은 직원들의 사기를 조금씩 고취시켜 현대건설의 재기에 불을 지피는 불쏘시개 역할을 했다.

아프리카 속담에 "빨리 가려면 혼자 가고, 멀리 가려면 함께 가라."는 말이 있다. 이 속담의 의미는 혼자서 길을 가면 빨리 갈 수는 있지만 금세 지칠 뿐만 아니라 위기에 부딪혔을 때 이를 극복하기 어려워 멀리 갈 수 없는 반면, 다른 사람과 함께 가면 그 속도는 느리지만 위기에 처했을 때 서로를 이끌어주어 더욱 멀리 갈 수 있다는 의미다.

그에게 현대건설을 살리는 길은 멀리 가야 하는 일이었다. 그 길은 수많은 도전과 역경이 도사리는 멀고도 험난한 길이었기에 혼자서는 한 발짝도 앞으로 나아갈 수 없었다. 그 길을 함께 할 동반자가 필요했고, 그에게 그 존재는 현대건설의 모든 임직원이었다. 그는 그들이 함께한다면 어떤 어려움이 있어도 헤쳐나갈 자신이 있었고, 그래서 그는 그들에게 먼저 손을 내밀어 함께하자고 격려하고 자신감과 용기를 불어넣었던 것이다. 이러한 진심 어린 그의 노력은 임직원의 마음을 서서히 움직여 죽어가는 현대건설을 소생시키는 결정적인 힘이 되었다.

미래를 위한
큰 그림을 그리다

현대건설을 살리는 것이 신앙이 된 남자

취임식이 있고 나서 며칠이 지난 어느 날이었다. 그는 불쑥 서울시 종로구 계동 현대건설 본사 1층 구석에 자리하고 있는 기자실을 찾았다. 현대그룹에서 운영하는 이 기자실에는 그날 서너 명의 붙박이 기자들만 있어 분위기가 매우 썰렁했다. 당시 그곳에 있었던 기자들은 현대건설 신임 사장의 갑작스러운 방문에 엉거주춤한 자세로 일어나 인사를 했다. 그는 그런 기자들에게 반갑게 인사를 건네며 소파에 앉았다.

'웬일이지?' 기자들은 그날 그의 기자실 방문에 반가움보다 호기심이 일었다. 이런 기자들에게 그는 "현대건설을 살리는 게 제 신앙입니다."라는 말로 본인의 소개를 대신하며 세련미는 떨어지지만 소탈한 모습으로 현대건설 사장에 임하는 자신의 속마음을 허심탄회하게 털어놓았다.

기자들은 진솔한 이야기 속에서 그의 경영철학과 마인드를 읽을 수 있었고, 그가 얼마나 지금의 현대건설을 염려하고 반드시 회생시키고야 말겠다는 일념에 불타는지 알 수 있었다. 그날 그 자리에 있던 머니투데이 문성일 기자는 그의 얘기를 들으며 현대건설을 살리는 것이 신앙이라는 그의 말이 결코 과장이 아님을 절실하게 느꼈다고 한다.

그의 말대로 그에게 현대건설을 살리는 일은 곧 신앙이었다. 취임 후 쉼 없이 이어진 강행군으로 갑자기 쓰러져 당장 회사에 출근하기 힘든 상황에서도 그가 사무실에서 링거 주사를 맞아가며 일에 매진하는 투혼을 발휘했던 것도 이 때문이었다. 그에게 현대건설을 살리는 일은 자신의 모든 것을 던져서라도 반드시 이루어내야 하는 절대 과업이었기 때문에 그는 단 한순간도 지체할 수 없었다.

그가 자신의 온몸을 던져 주력하고 매달렸던 일 가운데 하나는 '현대건설의 미래를 만드는 일'이었다. 당장 발등에 떨어진 불을 끄고 유동성 위기에서 벗어나는 것도 중요했지만 회사의 미래를 그리는 일도 그에게는 매우 중요했다. 진정으로 현대건설을 살리는 길은 '아랫돌 빼어 윗돌 괴는' 식의 응급처치가 아니라 병든 부분을 깨끗이 도려내고 그곳에 새살이 돋게 만들어 백년, 천년 가는 기업을 만드는 것이었다.

그는 과거에도 그러했듯 현대건설이 앞으로도 국가 발전을 위해 존속되어야 한다는 확고한 신념을 가지고 있었다. 그리고 이 신념은 그가 주위의 거센 반대에도 불구하고 현대건설 사장직을 수락한 또 하나의 중요한 이유였다.

"주위의 만류에도 불구하고 사법적인 책임까지 떠안으면서 회사로 돌아온 것은 '현대건설은 국가 발전을 위해서라도 계속되어야 한다.'는 신념 때문이었습니다."

건설업은 대한민국 산업화의 견인차 역할을 해왔다고 해도 과언이 아닐 정도로 국가 발전에 큰 기여를 했다. 과거 세계은행 보고서를 봐도 "한국 경제를 주도한 것은 한국의 건설업계."라는 내용이 실려 있다. 이러한 건설업계의 가장 중심에 있던 건설사가 바로 현대건설이다. 현대건설은 한국전쟁 이후 경부

고속도로, 제2한강대교(양화대교)와 같은 굵직굵직한 국가 기간 산업 공사를 맡으며 전쟁으로 폐허가 된 나라를 복구하는데 앞장섰음은 물론 경제 발전을 주도했다.

특히 최초로 해외 건설 시장에 진출하여 신화에 가까운 성과를 거둠으로써 국가 경쟁력을 강화하는 데 결정적인 역할을 했다. 그는 과거에 현대건설이 국가 발전에 기여했듯 국가적 차원에서 보더라도 그 생명력과 기업 정신을 이어가야 한다고 생각했다.

현대건설을 반드시 살려내 미래에도 국가 발전에 기여하는 기업으로 남게 하겠다는 강한 신념으로 현대건설호에 올라탄 이지송. 이런 그의 발목을 붙잡는 것은 아무 것도 없었다. 또한 이 신념을 현실화시키기 위해 그는 단 1초의 시간도 허비할 수 없었다. 그가 링거 주사를 맞아야 할 정도로 아픈 몸을 이끌고 현대건설의 미래를 위한 큰 그림을 그리는 일을 직접 진두지휘한 것은 기필코 자신의 신념을 현실화시키겠다는 간절함에서 비롯된 투혼이었다. 사장이 이토록 전심전력을 다하는데, 그 지시를 따르는 직원들은 어떠했겠는가.

현대건설 기술개발원은 그의 지시에 따라 이 일을 추진할 TFT(TASK FORCE TEAM)를 구성하고 즉각 활동에 들어갔다.

TFT 직원들은 그의 쉼 없는 독려와 지시 속에서 꼬박 3개월을 현대건설의 미래를 그리는 일에 매달렸다. 그 결과 지금 현대건설이 해야 할 일과 현재의 목표 설정, 그리고 앞으로 나아갈 방향을 정할 수 있었다. '힐스테이트(Hillstate)'라는 현대건설의 아파트 브랜드명이 만들어진 것도 바로 이때였다. 당시 현대건설 직원들은 경쟁 회사들의 아파트 브랜드 광고에 주눅이 들어 이에 어떻게 대처해야 할지 엄두를 내지 못하고 있었다. 이러한 상황에서 그의 지시로 꾸려진 TFT의 구상에 따라 과감하게 브랜드 전략에 투자함으로써 힐스테이트라는 현대건설만의 대표 브랜드를 구축할 수 있었다.

일하는 이유를 찾아주는 것이야말로 리더의 몫

루이스 거스너(Louis Gerstner) 전 IBM 회장은 "변화를 위해서는 부분이 아닌 전체가 있어야 한다."고 말했다. 가령, 천 조각의 퍼즐을 맞춘다고 하자. 이때 퍼즐의 전체 그림을 본 사람과 그렇지 않은 사람 중 누가 먼저 퍼즐을 완성하겠는가. 당연히 퍼즐의 전체 그림을 본 사람이 더 빨리 미션에 성공할 수 있다.

기업도 마찬가지다. 전체적인 큰 그림을 파악하고 있는 기업이 그렇지 않은 기업보다 더 빠르고 명확한 변화를 꾀할 수 있다. 이지송은 이 사실을 너무도 잘 알고 있었다. 그가 지금 당장 현대건설 발등에 떨어진 불을 끄기도 여의치 않은 상황 속에서 회사의 미래를 구상하고 계획하는 일에 소홀하지 않은 것은 이러한 이유 때문이었다. 그는 앞으로 회사가 나아가야 할 방향과 비전을 수립해야 눈부신 혁신이 일어나 보다 빠르게 현대건설이 회생하고 그 생명력을 오래 유지할 수 있다고 보았다.

TFT를 통해 지금 현대건설이 해야 할 일과 현재의 목표, 앞으로 나아가야 할 방향을 설정한 그는 이를 모든 임직원과 공유하기 위한 노력을 아끼지 않았다. 그래야 모든 임직원이 왜 내가 지금 이 일을 하고 있는지, 우리가 하고 있는 일은 무엇을 위한 것인지 등을 알게 되어 어떤 도전과 어려움 앞에서도 굴하지 않고 보다 빨리 목표에 이를 수 있다고 보았기 때문이다.

목적지가 어디고 왜 그곳에 가야 하는지 알고 가는 사람과 그렇지 않은 사람 중에 누가 더 빨리 그곳에 도착하겠는가. 가는 길에 장애물을 만났을 때 누가 더 포기하지 않고 끈기 있게 목적지를 향해 달려가겠는가. 일을 하고 있지만 내가 왜 이 일을 하고 있는지 모르는 구성원들이 모여 있는 조직은 잘되기 어렵다. 아무 생각 없이 그저 주어진 일만 기계적으로 하는 조직이 어떻게 좋은 성과를 낼 수 있겠는가. 조직의 구성원들이 일하는 이유와 그 목적을 알고 있을 때 더 열심히 일하고 좋은 결과를 이끌어낼 수 있다.

그는 조직의 구성원들에게 일하는 이유와 목적을 제시하는 것은 리더의 중요한 자질이자 몫이라고 생각했다. 그렇지 않으면 구성원들이 망망대해에 던져진 것처럼 어디로, 어떻게 가야 할지 갈피를 잡지 못하고 헤맨다고 보았다. 이런 생각을 가진 리더가 이끄는 조직이 잘되지 못할 리가 있겠는가.

다시 한 번,
국가 발전에
기여하는 기업으로

재기의 발판을 다진 수주의 달인

건설회사에게 공사 수주는 회사의 존립 여부를 판가름하는 존재다. 예나 지금이나 공사를 따내지 못하는 건설사는 문을 닫아야 한다. 회사를 살리려면 어떻게 해서든 공사를 따내야 했고, 실패하면 끝이었다. 그가 취임식에서 했던 첫 번째 약속, 즉 "기필코 경영정상화를 이루어 구조조정으로 직원들이 회사를 떠나는 일이 없도록 하겠다."는 약속을 지키기 위해 그는 무엇보다도 공사 수주에 전력투구를 다할 수밖에 없었다.

그는 공사 수주에 사활을 걸었고, 직원들에게 끊임없이 수주의 중요성을 강조했다. 공사 수주 없이는 일거리도 없고, 일거리가 없는 회사는 제대로 굴러갈 리 만무했다. 구조조정 없는 현대건설을 만들려면 무엇보다도 공사 수주에 성공해야 했기 때문에 그는 아무리 강조해도 지나침이 없다는 마음으로 직원들에게 지속적으로 수주의 중요성을 피력했다.

"건설 산업은 수주 산업이다. 수주의 성패에 따라 회사의 존립 여부가 판가름 나는 것이 건설회사의 운명이다. 수주에 실패한 회사는 문을 닫을 수밖에 없다."

그러나 공사 계약을 따내기에는 당시 회사 상황이 너무 좋지 않았다. 그가 막상 사장에 취임해 현대건설 안을 속속들이 들여다보니 밖에서 보는 것보다 상황이 훨씬 더 심각했다. 과거 국내 건설시장에서 대적할 상대가 없었던 현대건설은 당시 각종 수주 경쟁에서 국내 중소업체에게조차 나가떨어지는 이빨 빠진 호랑이 신세였다.

"밖에 있을 때는 몰랐는데, 사장에 취임하고 안에 들어와서 보니 상황이 훨씬 더 심각하다는 것을 알게 됐습니다. 무엇보다 건설사에게 가장 중요한 것은 공사를 수주하는 것인데, 입찰이 아예 안되는 상황이었죠. 봄이라서 공사할 곳은 여러 군데 나와 있었지만 우리를 불러주는 곳은 없었거든요."

그러나 그는 결코 포기하지 않았다. 아니 포기할 수 없었다. 현대건설이 경영정상화를 이루기 위해 공사 수주는 반드시 성공해야 하는 과업이었다. 공사 수주 없는 현대건설의 회생은 있을 수 없는 일이었다.

현대건설을 살리기 위해 그는 이처럼 수주에 혼신을 다했다. 그러나 '덮어놓고' 모든 수주전에 참여했던 것은 아니다. 이라크 공사 장기 미수채권이 현대건설을 몰락시킨 직격탄이 된 것을 보면서 아무리 규모가 큰 공사라고 할지라도 공사비를 받는데 어려움이 있거나 수익성이 떨어지면 과감하게 포기했다. 이렇게 일단 치밀하고 철저한 리스크 분석을 통해 어떤 수주전에 참여할 것인지를 결정하고 나면 그는 심혈을 기울여 수주 성공을 위한 전략을 세웠다. 수주전에서 2등은 아무런 의미가 없었기 때문이다.

그는 직원들에게 늘 이런 말을 하며 수주전 준비에 만전을 기할 것을 강조했다.

"수주에는 1등만 있고 2등은 없다. 싸우면 반드시 이겨야 한다."

수주전은 1등만이 유효하기에 그는 그것을 준비하는 전 과정에 참여해 직접 진두지휘를 했다. 공사 규모가 크든 작든 상관없었다. 그는 뒤에서 지켜보며 지시만 하지 않고 직원들과 함께 밤샘 작업까지 해가며 수주전 준비에 최선을 다했다. 그러한 노력 덕분에 그가 사장으로 취임한 이후 현대건설은 각종 수주전에서 승리하며 재기의 발판을 마련할 수 있었다.

자료에 따르면 그가 사장이 된 이후 현대건설은 2003년에는 7조 1,009억 원, 이듬해에는 7조 2,371억 원, 그 이듬해인 2005년에는 7조 8,000억 원의 수주를 올려 3년 연속 국내 건설업계 최고 수주액을 기록했다. 뿐만 아니라 2005년 기준 수주잔고가 25조 원에 달해 당시 5년 치에 달하는 일감을 미리 확보해둔 상태였다. 그래서 그는 세간으로부터 수주 전문가, 수주의 달인이라는 평을 들었는데, 특히 그의 진가는 해외 건설 수주에서 빛을 발했다.

그는 이라크 재건 공사, 리비아 자위아(Zawia) 복합화력발전소 공사, 인도네시아 수반(Suban) 가스처리시설 2단계 공사, 아랍에미리트(UAE) 송전선 공사, 쿠웨이트 변전소 공사 등을 수주해

2005년도에 성공한 해외 수주액만 해도 약 26억 달러에 달했다. 이는 그해 우리나라 해외 건설 수주액의 25퍼센트에 달하는 금액이었다.

그가 이처럼 해외 공사 수주에 공을 들인 이유는 현대건설을 부활시키는 데 해외 건설 수주가 무엇보다 가장 큰 동력이 될 것이라고 보았기 때문이다. 그래서 그는 해외 수주 극대화에 힘썼고, 그의 생각대로 해외 수주는 현대건설 회생의 큰 밑거름이 되었다.

그가 사장으로 취임한 이후 현대건설은 철저한 수익성 위주의 수주 전략으로 국내외에서 놀라운 실적을 기록해 2003년 당기순이익은 전년보다 309퍼센트 증가한 785억 원이었고, 2004년에는 이보다 두 배 이상 증가한 1,714억 원, 2005년 역시 전년의 두 배 수준인 3,000억 원 이상의 순이익을 기록했다. 덕분에 현대건설은 경영정상화에 성공했음은 물론 초우량 건설기업으로의 성장 기반을 다졌다.

현대건설을 국가 발전에 기여하는 오래 가는 건실한 기업으로 만들겠다는 그의 확고한 바람이 어느 정도 이루어진 셈이다. 이는 그가 자신의 신념을 이루기 위해 혼신의 노력을 다한 결과였다.

가장 행복했던 기적의 3일

그가 현대건설 사장에 취임해서 퇴임할 때까지 3년 동안 신규로 수주한 금액을 우리나라 돈으로 환산하면 국내외 포함하여 무려 8조 원에 이른다. 이 기록적인 성과는 현대건설이 다시 '건설 명가'로 일어서는 데 결정적인 기여를 했고, 그 공을 인정받아 그는 2004년 '건설의 날' 행사에서 산업분야 최고의 훈장인 '금탑산업훈장'을 받았다. 이 훈장을 받는 자리에서 그는 다시 현대건설에 뛰어든 이후 회사를 살리기 위해 전력투구했던 지난날을 떠올렸다. 현대건설의 모든 임직원과 한마음 한뜻으로 도전과 위기를 극복하며 울고 웃었던 순간들이 영화 필름처럼 그의 머릿속을 스쳐 지나갔고, 특히 2003년 6월 3일부터 5일까지 있었던 3일간의 기억이 어제 겪은 일처럼 선명하게 떠올랐다.

2003년 3월 11일 현대건설 사장으로 취임한 이후 수주에 사활을 걸고 치열하게 수주전에 뛰어든 그는 2003년 6월 3일 드디어 그 노력의 결실을 맺게 되었다. 부산시 기장군 장안읍의 신고리 원전 1,2호기 공사를 수주한 것이다. 신고리 원전 1,2호기 공사는 무려 4조 7,000억 원의 공사비와 연간 800여만 명의 인력이 투입된 대규모 공사로, 2005년 공사를 시작해 1호기는

2011년 2월에, 2호기는 2012년 7월에 완공되었다.

정부 발주의 초대형 공사였던 만큼 당시 이 공사 계약을 따내기 위해 국내에 내로라하는 건설업체들이 사활을 걸고 수주전에 뛰어들었다. 그중에서도 현대건설은 더욱 절박했다. 회생이냐 몰락이냐 기로에 선 현대건설이 회생의 길로 가기 위해 이 공사는 결코 놓쳐서는 안 될 프로젝트였다.

회사의 운명을 결정짓는 프로젝트였던 만큼 그는 직원들과 함께 밤을 새가며 이 수주전에 총력을 기울였다. 수주 전쟁이 워낙 치열했던 탓에 수주전 준비는 철저한 보안 속에서 진행되었다. 현대건설은 사내에 비밀 공간을 마련하고 내부인의 출입까지 통제하며 수주전을 대비했다.

그때 얼마나 비밀 유지에 신경을 썼느냐 하면 입찰 마감 직전에 입찰 금액을 통보할 정도였다. 입찰 금액에 따라 수주의 성공 여부가 결정되는 만큼 이를 결정하기 위해 그와 견적팀은 입찰 마감 직전까지 고심하고 또 고심했다. 그야말로 피를 말리는 작업이었다.

당시 경영지원 본부장으로 이지송을 곁에서 보필하던 이종수 전 현대건설 사장은 그 현장의 중심에서 진두지휘를 하던 그의 모습을 아직도 또렷하게 기억하고 있다. 또한 그의 뒤를 이어 현대건설 사장을 역임하던 시절, 신고리 원전 3,4호기 공사 입찰에 참여하면서 사장으로서 수주 작업에 임하는 그 긴장감의 강도가 경영지원 본부장으로서 이지송 사장의 지휘를 받으며 느꼈던 것과는 비교할 수 없을 정도로 크다는 것을 절실하게 느꼈다.

그가 힘든 와중에도 신고리 원전 3,4호기 수주전을 침착하게 준비할 수 있었던 것은 신고리 원전 1,2호기 수주전을 준비할 때 그를 곁에서 지켜본 경험이 큰 도움이 되었기 때문이다.

각고의 노력 끝에 신고리 원전 1,2호기 공사 수주를 따낸 현대건설은 임직원에게 작은 희망의 씨앗을 심어 주었다. 여전히 회사의 미래는 불투명했지만 이 일을 통해 모든 직원들이 다시 재기할 수 있다는 가능성을 엿보았다.

그런 와중에 다음 날 기적적인 일이 일어났다. 여수광양항만 공사를 수주한 것이다. 연이은 희소식에 회사 분위기는 고무되었고, 임직원은 재기의 희망에 부풀었다. 그렇게 이틀 연속 날아온 낭보로 인해 현대건설이 한껏 기쁨과 성취감에 취해 있을 때, 다음 날 또 한 번의 기적 같은 일이 일어났다. 청계천 복원 공사를 수주한 것이다. 이 믿기지 않는 소식에 이지송과 직원들은 서로를 얼싸안고 그 기쁨을 누렸다. 단 3일 만에 무려 1조 원에 가까운 수주고를 올렸으니, 그 기쁨이 얼마나 컸겠는가.

대한민국 건설 역사상 전무후무한 일이었고, 그는 현대건설 사장으로 재임하던 기간 중 이 3일을 가장 인상적이고 행복했던 순간으로 기억하고 있다.

"정말 그날을 잊을 수 없어요. 3일 연속 대형 공사를 수주해서 직원들과 얼싸안고 기뻐했었죠. 세 개 다 쉽지 않은 공사였습니다. 3일 동안 잇따라 수주하고 나서 우리도 해낼 수 있다는 생각이 들었어요. 이 정도 능력이면 무슨 일이든 할 수 있다는 자신감이 생겼던 사건이었지요. 재임 기간 중 어느 때보다도 가장 기억에 남는 3일이었습니다."

이때 그는 현대건설 전 부서에 떡을 돌렸다. 3일 연속 대형 공사 수주에 성공한 것을 기념하는 떡으로, 이 '수주떡'은 현대건설의 오랜 전통이었다. 집안에 경사스러운 일이 있을 때 이웃에게 떡을 돌리듯 현대건설은 큰 공사를 수주하면 모든 직원에게 떡을 돌렸다. 이 특별한 이벤트는 직원들의 사기를 북돋고 우리는 하나라는 일체감과 소속감을 심어주는 역할을 했다. 이러한 수주떡이 그해 1년 내내 이어졌으니, 당시 회사 분위기가 어떠했을지 짐작이 되고도 남을 것이다.

현대家에서 이루지 못한 염원을 이루다

고 정주영의 혼과 숨결이 담긴 서산 간척지

삶이 곧 무(無)에서 유(有)를 창조하는 행로였다고 해도 과언이 아닐 정도로 살아생전 정주영은 수많은 것을 이루고 창조해냈다. 그 성취물 중 그가 가장 애착을 가졌던 것은 무엇일까?

정주영을 곁에서 지켜본 사람들은 하나 같이 입을 모아 '서산 간척지'라고 말한다. 정주영은 이곳을 무척이나 애지중지했고, 그러한 이유 때문에 예나 지금이나 현대건설은 이곳을 정주영의 혼과 숨결이 담긴 각별한 장소로 여긴다.

정주영이 서산 간척지에 남다른 애착을 보인 가장 큰 이유는 바로 이 땅이 아버지께 바치는 '헌정의 땅'이었기 때문이다. 그의 아버지는 삶의 원천적인 동기이자 그가 사업가가 되는데 있어 근간이 되는 존재였다. 즉, 서산 간척지는 살아가는 동안 그의 모든 판단의 기준이자 사회적 성취의 출발점이었던 아버지에 대한 효심의 최종 종착점이었다.

정주영의 부친 정봉식(鄭捧植)은 살림에 무관심한 그의 아버지를 대신해 일찍부터 집안의 가장 역할을 했다. 집안도 가난한데다 형제자매까지 많아 그는 이른 새벽부터 날이 어두워질 때까지 쉴 틈 없이 일을 해야 했다. 그러나 이에 대해 결코 불평하거나 낙담하지 않았다. 장남으로서 가족의 부양을 자신의 책임이라고 생각했다.

하지만 워낙 가진 것이 없다보니 살림은 늘 빠듯했고, 그러다 보니 6남 2녀 중 맏아들인 정주영에게 물질적으로 무엇 하나 남겨주지 못했다. 그러나 정신적으로는 수많은 자산을 남겼다. 가족을 향한 무한한 헌신과 근면함, 무엇 하나 허투루 버리지 않는 검소함, 어떤 경우에도 좌절하지 않는 낙천성과 투지 등 정주영은 아버지에게 물려받은 정신적 자산을 밑거름 삼아 대한민국을 대표하는 사업가로 성장해갔다.

정주영은 평생 자신에게 이러한 귀중한 정신적 자산을 물려준 아버지를 존경하고 그 고마움을 어떤 식으로든 표현하고 싶어 했다. 그러던 중 우연찮게 정부가 추진하던 일명 '서산 간척 사업'이라고 불리는 '서해안 천수만 간척 사업'을 맡게 되었다. 정주영은 이곳을 아버지께 바치는 존경과 감사의 선물로 여겨 이해타산을 따지지 않고 이 공사에 모든 것을 쏟아부었다.

그 결과 담수호를 포함해 여의도의 33배에 이르는 4,700만 평의 땅이 우리 국토에 편입되었고, 몇 년 동안 간척지의 염분을 제거하는 작업을 거쳐 1986년 드디어 일부 땅에 시험적으로 벼농사를 짓기 시작했다.

정주영에게 서산 간척지는 살아서는 다시 볼 수 없는 아버지께 드리는 헌정의 땅이자 분단으로 돌아갈 고향을 잃은 그에게 고향과 같은 곳이었다. 살아생전 정주영이 했던 한 인터뷰 내용을 보면 그에게 서산이 어떤 존재였는지 명확하게 알 수 있다.

"앞으로 십 년간은 정력적으로 일하려고요. 그러고는 은퇴한 뒤 서산으로 가서 풍요롭게 여생을 끝낼 거예요."

정주영은 자신의 삶을 마무리할 곳으로 주저 없이 서산을 선택했고, 평생 그곳을 애지중지했던 것이다.

서산 간척지의 부활을 꿈꾸다

정주영이 각별하게 생각했던 서산 간척지는 그에게 또 하나의 특별한 존재였던 현대건설과 그 운명을 같이했다. 2000년 현대건설이 유동성 위기로 휘청거리면서 서산 간척지 또한 수난을 겪었다. 심각한 자금난에 처한 현대건설은 이 위기를 극복하고자 서산 간척지 농지의 약 3,100만 평 가운데 1,000만여 평을 담보로 한국토지공사로부터 3,450억 원의 돈을 빌렸을 뿐만 아니라 나머지 땅도 일반인과 피해 농어민에게 매각해야 하는 어려움을 겪었다.

이 과정에서 빌린 돈을 회수하려는 한국토지공사로부터 담보로 잡힌 땅 약 630만 평이 경매로 처분 당할 위기에 놓였고, 서산 간척지 농지를 분양받은 농민들은 영농조합을 결성한 뒤 땅을 조각조각 쪼개어 도시 사람들에게 주말농장용으로 팔기도 했다.

사장으로 취임하기 전 밖에서 이 모습을 지켜보던 이지송의 마음은 편치 않았다. 그가 부모 다음으로 존경하는 정주영이 이곳을 얼마나 애지중지 아꼈는지, 현대건설에게 이곳이 얼마나 특별한 땅인지 너무도 잘 알았기 때문이다. 그래서 그는 현대건설을 회생시키기 위해 공사 수주만큼이나 서산 간척지를 되찾는 일에 최선을 다했다. 이 일은 그에게 유동성 위기에 처한 현대건설을 살리는 길이자 잃어버린 현대건설의 정신과 자부심을 회복하는 일이었다.

서산 간척지를 되찾기 위해 그가 가장 주력했던 일은 수주 실적을 더욱 높이는 것이었다. 일을 해야 돈을 벌고 빚을 갚을 수 있을 것이 아닌가. 여기에 그는 이미 매각한 땅값을 회수하는 일에도 혼신을 다했다. 이렇게 유입된 돈으로 현대건설은 2004년 3월 토지공사로부터 빌린 돈을 전액 상환하고 담보로 잡힌 약 1,000만 평에 이르는 서산 땅을 되찾아왔다. 이는 현대家에서도 하지 못한 일로, 정주영의 신봉자인 그가 이루어낸 쾌거였다.

모든 빚을 갚고 서산 땅을 되돌려 받던 날, 그는 그 누구보다도 이곳을 아끼고 사랑했던 정주영 회장이 가장 기뻐할 것이라고 굳게 믿었다. 그랬기에 살아생전 열심히 일해도 수고했다는 말 한번 하지 않던 그가 이날 만큼은 수고했다며 자신의 어깨를 두드려줄 것만 같았다.

뼈를 깎는 자구노력으로 서산 간척지를 되찾은 이지송. 그러나 그는 여기에 만족하지 않고 서산 간척지의 부활을 꿈꾸었다. 빚을 갚고 되찾은 서산 땅은 벼농사를 짓는 영농단지로 매년 많은 양의 쌀을 수확했지만 투자 대비 경제성이 낮아 현대건설의 고민이 적지 않았다.

그런 와중에 2004년 고 노무현 대통령이 이끄는 참여정부가 수도권 집중 경제구조로 인한 폐해를 극복하고 수도권과 지방이 조화와 균형을 이루는 '골고루 잘사는 대한민국'을 만들기 위한 중장기 계획을 발표했다. 그 일환의 하나로 민간 기업이 토지 수용권과 도시 개발권을 가지고 주도적으로 도시를 개발하는 '기업도시' 계획이 추진되었는데 그는 이것이 서산 간척지를 부활시킬 수 있는 절호의 기회라고 생각했다.

서산 간척지의 일부를 미국의 실리콘밸리나 일본의 도요타시와 같은 기업도시로 만들 수 있다면 이곳의 자산가치와 수익가치가 상승해 현대건설의 핵심 자산이 될 수 있다고 보았다. 더불어 다른 지역보다 뒤처진 충남의 지역경제 발전도 꾀할 수 있었기 때문에 그는 서산 간척지의 기업도시 개발을 꼭 이뤄야 하는 절대 과업으로 삼았다.

하지만 결코 쉽지 않은 일이었다. 정부가 주도하는 일인 만큼 이 일을 추진하려면 까다로운 과정을 거쳐 정부의 최종 승인을 받아야 했을 뿐만 아니라 기업도시 시범지구로 선정되고자 하는 수많은 경쟁자들과의 싸움에서 승리해야 했다.

어쨌든 서산 간척지를 기업도시로 개발하려면 무조건 시범지구로 선정되어야 했기 때문에 그는 태안군과 손잡고 이에 대한 준비를 철저하게 해나갔다. 우선 미국의 실리콘밸리, 디즈니랜드, 애리조나 썬시티, 일본의 도요타 시, 스웨덴의 시스타 사이언스 시티 등 세계의 모범적인 기업도시 모델을 연구해 장단점을 파악하는 한편 관련 자료들을 모았다. 또한 여러 연구기관의 도움을 받아 서산 간척지를 어떤 유형의 기업도시로 개발하는 것이 가장 적합하고 수익성이 높은지 등을 파악하여 기업도시 시범지구 선정을 위한 만반의 준비를 했다.

당시 현대건설은 이미 토지를 확보한 상태라 다른 지역의 기업도시 신청자들보다 유리한 입장에 서 있었다. 그러나 농림부, 환경단체 등이 서산 간척지의 기업도시 개발을 반대하고 나서 그 결과를 어느 누구도 예측할 수 없었다. 기업도시 시범지구 선정 조건이 워낙 까다로워 사소한 문제로 인해 얼마든지 결과가 뒤집힐 수 있었기 때문이다.

그렇게 오랫동안 기업도시 시범지구 선정을 위한 준비에 매달렸고 드디어 2005년 8월 25일 기업도시 시범지구 선정을 위한 기업도시위원회(현 문화체육관광부 전신인 문화관광부 운영)가 열리는 날이 되었다. 그는 이른 아침부터 본사에 나와 임원들과 함께 초조하게 그 결과를 기다렸다. 빈틈없이 준비했지만 어디서 어떤 변수가 튀어나올지 모르는 일이었기 때문에 그는 한시도 마음을 놓을 수 없었다.

얼마나 시간이 지났을까. 기업도시위원회가 열리는 장소에 나가 있던 담당자로부터 연락이 왔다. 간절한 마음으로 전화를 받은 이지송. 눈시울이 붉어진 그는 떨리는 목소리로 함께 있던 임원들에게 애타게 기다리던 결과를 알렸다. 그 소식을 듣자마자 그곳에 있던 모든 임원들이 환호성을 질렀다. 서산 간척지가 기업도시 선정지구로 최종 승인이 난 것이다.

이날 서산 간척지 472만 평이 관광 레저 기업도시 시범지구로 선정됨에 따라 현대건설은 당시 향후 4~5년간 안정적인 공사 물량을 확보하게 되었음은 물론 선정된 곳의 거의 모든 부지가 현대건설의 소유였기 때문에 회사의 자산가치 상승도 기대할 수 있게 되었다.

그는 전화를 끊자마자 모든 임원들을 회사 정문 앞에 도열시켰다. 담당자와 함께 기업도시위원회가 열리는 장소에 나가 있던 태안군수를 맞이하기 위함이었다.

얼마 뒤 태안군수가 회사 앞에 도착했고, 그는 오매불망 기다리던 임을 맞이하듯, 버선발로 뛰어가 태안군수를 얼싸안고 가슴 벅찬 기쁨을 나누었다. 그 모습을 보고 현장에 있던 몇몇 임원들이 흥에 겨워 덩실덩실 춤까지 추었다고 하니, 서산 간척지를 부활시키는 일이 그와 현대건설에게 얼마나 큰 의미였는지 짐작할 수 있다.

눈물로 지킨 세 번째 약속

회사의 운명이 달린 이라크 공사 미수금

2003년 10월 2일. 그는 미국 워싱턴행 비행기에 몸을 실었다. 이라크 공사 미수금과 관련된 채권기관들에게 회수 협조를 요청하기 위해 떠나는, 결코 즐겁지 않은 출장길이었다. 기록적인 수주 실적으로 경영정상화의 기반을 어느 정도 다진 그는 당시 취임식에서 했던 세 번째 약속, "오랫동안 받지 못한 이라크 공사 미수금을 받아 회사를 살리겠다."는 약속을 지키기 위해 동분서주하고 있었다.

이라크 공사 미수금은 앞으로 현대건설이 탄탄대로를 걸을 수 있는 보증수표와 같은 돈이었기 때문에 위기에 처한 현대건설을 살리고 오래 존속하는 건실한 기업으로의 성장 기반을 다지기 위해서는 이 돈이 꼭 필요했다.

그만큼 이라크 공사 미수금 규모는 어마어마했다. 이자를 포함해 16억 5,492만 달러, 우리나라 돈으로 환산하면 1조 6,833억 원에 달했으니, 2003년 10월 당시 1조 7,000억 원의 부채를 안고 있던 현대건설에게 이 돈은 2004년에 적립해둔 대손충당금(貸損充當金, 받을 어음, 외상 매출금, 대출금 등에서 회수하지 못할 것으로 예상하여 장부상으로 처리하는 추산액) 50퍼센트를 포함해 부채를 털어내고도 남고, 우량 기업으로 완전히 탈바꿈할 수 있는 정말 금쪽같은 돈이었다.

말 그대로 '고래힘줄' 같은 이라크 공사 미수금의 회수 협조 요청을 위해 머나먼 미국 땅까지 날아온 그는 워싱턴에 도착하자마자 단 1초도 지체하지 않고 이라크 공사 미수금과 관련된 재판과 채무를 관장하는 채권기관들을 찾아다녔다.

그곳에서 그는 절박한 심정으로 현대건설의 이라크 장기 미수금을 회수할 수 있게 해달라고 간청했다. 또한 그 당위성을 거듭 강조했는데, 그 골자는 현대건설의 장기 미수금은 순수하게 민간 사업에 투자된 돈이기 때문에 마땅히 지급해야 한다는 것이었다. 그가 이러한 사항을 거듭 강조했던 이유는 무기 구매 채권과 다른 성격의 채권은 관련 업체들이 국제공조를 하면 회수할 가능성이 높았기 때문이다. 1991년 1차 걸프전 이전에 완공된 공사대금은 대부분 이러한 성격의 채권이었고, 현대건설의 이라크 공사 미수금 또한 1979년부터 1991년까지 발생한 민간 사업 관련 채권이었다.

기자들에게 형님이라 불리다

워싱턴에 도착하자마자 숨 돌릴 틈 없는 일정을 소화한 그는 그날 저녁, 워싱턴 시내에 자리한 우래옥이란 이름의 한식당으로 발걸음을 옮겼다. 이곳에서 한국 주요 언론사의 워싱턴 특파원과 한국에서 출장 온 기자들과의 저녁식사가 있었기 때문이다. 당시 현대건설이 미국에서 벌이고 있는 이라크 공사 미수금 회수 작업을 설명하기 위해 그가 마련한 자리로, 예상보다 많은 기자가 참석했다.

그만큼 당시 현대건설의 이라크 공사 미수금은 언론의 주목을 받는 큰 이슈였다. 회수 여부에 따라 대한민국 산업화의 견인차 역할을 하며 오랜 세월 국내 건설업계를 이끈 현대건설의 운명이 좌지우지되는데 어찌 관심을 갖지 않을 수 있겠는가. 여기에 평소 기자들과 돈독한 관계를 유지했던 그의 노력 덕분에 이날 많은 기자들을 한데 불러 모을 수 있었다.

그는 현대건설 본사에 자리한 기자실에 수시로 들러 기자들과 편안하게 대화를 나누고, 식사 때가 되면 "야, 순댓국이나 한 그릇 먹자."라며 기자들의 손을 잡아끌 만큼 소탈한 성격이었다. 또한 아무리 바빠도 기자들의 대소사에 참석하는 정 많고 의리 있는 사람이었다. 연합뉴스의 심인성 워싱턴 특파원은 2006년 4월 부친이 세상을 떠났을 때 충북 단양까지 조문을 와 위로의 말을 건네던 그에게 아직도 고마움을 느끼고 있다.

"그때 이지송 사장님은 직접 차를 몰고 충북 단양까지 오셨습니다. 그런데 제게 위로의 말을 건네던 사장님께서 갑자기 부친의 연세를 물으셨지요. 그래서 42년생이라고 했더니, 사장님은 저에게 '야! 심기자, 근데 너는 날 지금까지 형님이라고 부른 거냐? 형님이 아니라 아버지라고 불러야겠다.'며 애정 어린 핀잔을 주었습니다. 사장님이 40년생이니 부친보다 겨우 두 살이 많았던 것이지요. 그렇게 적지 않은 나이에 직접 차를 몰고 그 먼 곳까지 와준 사장님을 생각하면 지금도 감사할 따름입니다."

심인성 특파원뿐만 아니라 많은 기자들이 그를 형님이라고 부르며 각별하게 따랐다. 그만큼 이지송은 따뜻한 인간애와 정이 넘치는 사람이었다. 2005년 20여 명의 기자들이 이란 사우스파(South Pars) 가스처리시설 4,5단계 공사 준공식을 취재하러 머나먼 열사의 땅을 찾아갔을 때도 이들을 잊지 않고 찾아가 격려하고 족구를 함께 즐기던 사람이었다. 그날 함께 족구 경기를 했던 MBN(매일방송)의 구본철 부장은 이때의 그를 아직도 생생하게 기억하고 있다.

"낮에는 말끔한 양복을 입고 의전으로 바빴던 이지송 사장님이 한밤에 작업복을 입고 우리 앞에 나타났습니다. 회사 이름이 선명하게 새겨진 잿빛 작업복이었지요. 작업복을 입은 채 우리 기자단과 족구를 했습니다. 밤에도 기온이 30도를 오르내리는 곳이라 경기를 시작하고 얼마 지나지 않아 땀이 비 오듯 쏟아졌지요. 어느새 이지송 사장님은 '난닝구(?) 바람'이 되었고, 속옷의 목 주변이 땀으로 흠뻑 젖었습니다. 그런데 그 모양이 마치 하트 같았습니다. 사랑과 열정을 통해 만들어낸 괄목할 만한 성과, 이를 축하하기 위해 만든 자리에서 다시 확인시켜주는 사랑과 열정의 땀방울. 정말 아이러니한 일이 아닐 수 없었습니다."

이란 사우스파 가스처리시설 4,5단계 공사는 이란의 수도 테헤란에서 1천 킬로미터 떨어진 아쌀루에(Assaluyeh)에서 진행됐다. 공사금액만 16억 달러(한화 약 1조 6,200억 원)에 달하고 건축면적 약 1만 평에 동원된 인력도 하루 최대 1만 8,000여 명, 연간 인원으로 따지면 950만 명에 이르는 당시 국내 업계의 해외 수주 사상 최대 규모의 플랜트 시설 공사였다.

현대건설은 이 공사를 약속한 기간보다 2개월이나 앞당겨 34개월 만에 완공해 이란 정부는 물론 전 세계 플랜트 건설업계를 놀라게 했다. 동급 규모의 대형 플랜트 공사상 가장 짧은 기간에 공사를 마무리했기 때문이다. 이는 수많은 현장에서 쌓은 경험과 노하우를 바탕으로 치밀하게 공사를 준비하고 무서운 추진력으로 현대건설을 진두지휘한 그가 있었기에 가능한 일이었다.

현대건설이 전 세계 대형 플랜트 시설 공사 사상 최단기간에 완공한 이란 사우스파 가스처리시설 4,5단계 공사는 전 세계 언론의 주목을 받았다. 국내 언론사에서도 큰 관심을 가지고 기자단이 어렵게 준공식 현장을 찾았지만 극소수의 기자만을 제외하고 행사장에 들어갈 수 없었다. 이란 대통령까지 참석하는 행사인 만큼 주변 경비가 삼엄했기 때문이다.

대부분의 기자들은 숙소에서 기사 쓸 준비, 말 그대로 스탠바

이를 해야 했고, 이에 기자들은 다소 불만이 많았다. 그는 바쁜 와중에도 이런 기자들을 잊지 않고 한밤에 찾아가 격려하고 함께 시간을 보냈던 것이다. 이토록 따뜻하게 기자들을 챙기는 사람을 어떤 기자가 따르지 않겠는가. 이날 워싱턴에서 있었던 저녁식사 자리에 참석한 다수의 기자들 역시 그의 이러한 인간적인 면모에 끌려 평소 돈독한 관계를 유지하던 사람들이었다.

워싱턴에서 흘린 눈물

한식당에 도착한 이지송은 기자들과 반갑게 인사를 나누며 자리에 앉았다. 그러고는 이날 이라크 정부를 상대로 미국에서 벌인 소송 2심에서 승소판결을 받았다는 소식과 함께 워싱턴에서 채권단들과의 회의도 잘 되어간다는 얘기로 운을 뗐다. 이라크 공사 미수금을 회수할 수 있는 가능성이 높아졌다는 희소식인 만큼 그의 표정은 밝았다. 그러나 지금 현대건설이 처한 상황과 자신이 미국에 오게 된 배경을 설명하며 현대건설이 얼마나 이 문제를 해결하기 위해 악전고투를 하고 있는지 설명하는 대목에 이르자 그의 표정은 금세 어두워졌다.

"명색이 현대건설 사장이라는 사람이 태어나서 처음으로 미국에 왔습니다. 돈 받으려고 왔습니다."

미국이 처음이라는 그의 말에 기자들은 자신의 귀를 의심했다. 십 년 이상 대기업 임원과 대학 교수를 지낸 그가 미국에 처음 왔다는 사실이 너무도 의외였기 때문이다. 기자들이 이 사실에 의아해하자 그는 생과 사를 넘나들며 모든 것을 던져 일했던 해외근무 경험담을 털어놓았다.

"제가 11년간 외국생활을 한 곳은 주로 흙먼지와 모래바람이 날리는 중동의 사막이었습니다. 사막의 현장에서 일할 때 밥그릇에 물을 붓고 한참 저은 뒤에 윗부분만 조심스럽게 떠먹었는데, 그래도 모래가 자근자근 씹혔지요. 이렇게 열악한 곳이다 보니 외국 생활을 하는 동안 가족을 한 번도 데려오지 못했습니다. 죽을 고비도 숱하게 넘겼습니다. 그래도 이 일이 아니면 먹고살지 못하는 줄 알고 정말 열심히 일만 했습니다."

지난날을 떠올리자 감정이 복받쳐 오르는지 그의 손이 가늘게 떨렸다. 왜 그렇지 않겠는가. 보통 사람들은 감히 상상할 수도 없는 위험하고 열악한 곳에서 '치열함'이라는 단어로도 설명이 부족한 혼신과 헌신의 삶을 산 그가 아닌가.

"현대건설의 이라크 공사 미수금은 무기를 팔거나 부정한 짓을 해서 번 돈이 아닙니다. 이라크 국민에게 필요한 집과 병원을 지어주고 길을 내준 대가로 받아야 할 돈입니다. 그러니 이 돈을 회수할 수 있도록 도와주십시오. 이 돈만 받으면 현대건설은 세계에서 제일가는 기업이 될 수 있습니다."

종종 목이 메어 말을 잇지 못하던 그는 끝내 눈물을 쏟고 말았다. 죽을 고비를 넘기며 청춘을 바친 현대건설이 이라크 공사 미수금에 발이 묶여 한국 건설업계를 대표하는 일등 기업에서 부실 기업으로 추락했으니 그의 심정이 어떠했겠는가.

"건설밖에 모르는 제가 다른 욕심이 있겠습니까? 남은 것은 회사를 살리는 것뿐입니다. 돈을 받더라도 현대건설 것이 아니라 국민의 것입니다. 국민의 돈을 지원받은 이 회사를 살리지 못하면 이것은 국민에 대한 배임이고 국가에 대한 배신입니다. 국가 경제를 생각해서도 연간 매출 8조 원이 넘는 회사가 무너질 수는 없는 일입니다. 현대건설은 꼭 살아야 하고, 그러기 위해 이라크 공사 미수금은 꼭 받아내야 합니다."

그에게 이라크 공사 미수금은 단순히 현대건설을 살리기 위해서만 필요한 돈이 아니라 국가 경제를 위해서도 필요한 돈이었다. 그는 회사를 이끄는 수장으로서 회사의 이익을 무엇보다 중시했지만 국가의 이익 또한 항상 염두에 두었다. 나라와 사회에 보탬이 되는 삶을 사는 것, 이것은 '꿈 너머 꿈꾸기'를 멈추지 않았던 그의 마지막 소망이자 가장 큰 꿈이었다.

이날 그의 진심 어린 호소는 그 자리에 있던 기자들의 마음에 큰 울림을 주었다. 그리고 이날의 이야기는 다음 날 국내 언론을 통해 전해져 세간의 주목을 받았다.

이후로도 그의 이라크 공사 미수 채권 회수 노력은 계속 이어졌다. 그 결과 현대건설은 이자를 포함한 이라크 공사 미수금 16억 5,492만 달러의 20퍼센트에 해당하는 3억 3,100만 달러와 이에 대한 이자 3억 5,030만 달러를 합한 6억 8,130만 달러를 회수하게 되었다. 이는 뾰족한 회수 대안이 없어 모두가 손을 놓고 있는 상황에서 그가 나서서 혼신의 노력으로 얻은 놀라운 성과였다.

이렇듯 절실함 속에서 이루어진 그의 혼신의 노력으로 현대건설은 구체적인 회수 방안을 바탕으로 이라크 공사 미수 채권 회수 절차에 들어갔다. 우선 2006년 7월부터 2019년 말까지 6

개월 단위로 원금 3억 3,100만 달러에 대한 이자를 미 달러화로 받고, 2020년 7월부터 2028년 1월까지는 6개월마다 원금과 이자를 현금으로 받을 예정이다. 이 돈은 위기에 빠진 현대건설이 회생하는 데 큰 도움이 되었을 뿐만 아니라 우량 기업으로 성장 기반을 다지는 데 지금도 유용하게 쓰이고 있다.

현대건설의 오랜 숙원이던 이라크 미수 채권 문제를 해결한 그는 이에 만족하지 않고 그 노력을 계속 이어갔다. 당시 현대건설은 이라크 공사 미수금 못지않게 홍콩 컨테이너 부두 공사 미수금 때문에 골머리를 앓고 있었다.

2000년 5월, 4억 2,000만 달러에 수주한 이 공사는 2004년 8월 완공을 하였으나 공사 완료 직전 발주처가 공사과정 중 발생한 준설 오염 토사 처리 문제 등에 대해 시공사인 현대건설의 귀책사유라며 일부 금액을 차감하고 공사대금을 지불했다.

이에 대해 현대건설은 이 문제는 시공사의 잘못이 아니라 설계상의 하자로 발생한 것이라며 클레임(claim, 배상청구)을 제기했다. 그러나 발주처는 2004년 10월 현대건설이 최종적으로 요구한 금액 7,535만 달러(한화 약 790억 원)에 훨씬 못 미치는 금액을 제시했고, 이에 현대건설은 법정 소송을 진행하겠다는 의사를 밝히며 강경하게 맞섰다. 그러자 발주처는 현대건설의 요구를 수용, 현대건설이 청구한 금액의 전액을 지불하기로 결정했다. 이로써 현대건설은 30억 달러의 해외 건설공사를 수주했을 때 올릴 수 있는 순이익과 맞먹는 돈을 확보하게 되었고, 이로 인해 그해 순이익이 목표치보다 400억 원 가량 늘어나 회사의 경영안정화에 크게 기여했다.

현대건설이 거액의 홍콩 컨테이너 부두 공사 미수금을 받아낼 수 있었던 것은 그를 중심으로 한 재무관리자(CFO)와 도움을 준 많은 사람의 노력이 있었기에 가능했다. 그는 이 문제를 해결하기 위해 재무관리자를 비롯한 몇몇 사람들과 무려 20여 차례 이상 홍콩으로 건너갔다. 그는 발주처와 끈기 있게 협상을 하며 클레임의 정당성을 주장했고, 그 노력이 결실을 맺은 것이다.

이것을 계기로 현대건설은 수익성이 떨어지는 해외 공사를 모두 마무리 지어 지금의 현대건설이 해외에서의 적자를 완전히 면하고 승승장구할 수 있는 계기를 마련했다. 이는 기필코 현대건설을 위기에서 구하고 우량 기업으로서 성장할 수 있는 발판을 만들겠다는 그의 집념과 노력이 빚어낸 성과였다.

울보 선장, 현대건설호를 구하다

다시 건설업계의 맏형으로 우뚝 서다

현대건설을 살리는 것에 실패하면 자신도 파산하겠다는 '필사의 각오'로 좌초 직전의 현대건설호에 올라탄 그는 모든 임직원의 운명이 자신의 손에 달렸다는 강한 책임감을 가지고 3년 동안 죽을힘을 다해 달렸다. 그 결과 취임 당시 임직원에게 했던 세 가지 약속을 모두 지켜냈다. 3년 연속 국내 건설업계 최고의 수주 실적을 올림으로써 약속대로 구조조정의 칼바람 속에서 직원들을 구해냈고, 2000년 유동성 위기로 담보 잡혀 있던 서산 간척지를 되찾아옴으로써 두 번째 약속을 지켰다. 뿐만 아니라 경제성이 떨어지는 영농단지에 불과하던 서산 간척지를 수익성 높은 기업도시로 탈바꿈할 수 있는 발판을 마련해 현대건설의 회생과 우량 기업으로 거듭나는 것에 크게 이바지했다.

여기에 마지막 세 번째 약속, 이라크 공사 미수금 문제까지 해결하면서 현대건설이 유동성 위기에서 완전히 벗어나 다시 건설업계의 맏형으로 우뚝 서게 했다. 이 모든 것이 불과 3년 만에 이루어진 것이었고, 그의 혼신의 노력이 있었기에 가능한 기적이었다.

당시 각종 경영지표를 보면 그가 이루어낸 기적적인 성과가 현대건설의 회생에 얼마나 지대한 영향을 미쳤는지는 잘 알 수 있다. 취임 이후 철저한 수익성 위주의 수주 전략을 펼친 그의 노력으로 현대건설은 2003년에는 7조 1,009억 원, 2004년에는 7조 2,371억 원, 2005년에는 7조 8,000억 원이라는 어마어마한 규모의 수주액을 올림으로써 회사의 내실이 탄탄해졌다.

부채비율도 2001년에는 788.6퍼센트에 달했던데 반해 2005년에는 289.4퍼센트로 떨어졌다. 주가도 취임 당시에는 900원대까지 떨어졌으나 퇴임할 때는 5만 원대에 이르렀고, 신용등급도 2003년 12월 기준 BBB-에서 BBB로 한 단계 올라선 데 이어 2004년 다시 BBB+로 한 단계 더 상향 조정되었다. 적자투성이던 현대건설이 흑자경영 기조로 완전히 돌아선 것이다.

기적적인 성과로 인해 그는 '기사회생 드라마의 주인공', '건설명가 명예회복 구원투수'와 같은 명예로운 수식어를 얻었고, 사장 재임 시절 내내 언론을 통해 가슴과 머리와 실력이 균형을 이룬, 즉 덕위상제의 덕목을 갖춘 최고의 경영자라는 찬사도 수없이 들었다. 이러한 평판은 각종 권위 있는 기관으로부터의 수상으로도 이어졌다.

2004년 산업분야 최고의 훈장이자 건설인의 최고 명예인 '금탑산업훈장'을 시작으로 2005년 '다산경영상'과 '제1회 한국을 빛낸 CEO 대상'을 수상했다. 2006년에는 '한국을 빛낸 엔지니어 60인'에 선정되었고 다음 해인 2007년 대한건설단체총연합회에서 '건설산업발전 공로상'을 수상했다. 이는 모두 그가 3년 동안 대한민국 산업화에 견인차 역할을 하며 국가 발전에 기여해온 대한민국 대표 기업 현대건설을 회생시킨 공로를 인정하는 상이었다. 그러나 그는 상을 받는 매순간마다 그 공을 심현영 전임 사장과 현대건설의 모든 임직원에게 돌렸다.

"심현영 사장님이 구조조정 같은 힘든 일들을 잘해주셨어요. 길을 잘 닦아놓으신 거죠. 저는 전임 사장님이 잘 닦아놓은 길을 열심히 달린 것뿐입니다. 현대건설이 경영정상화를 이룰 수 있었던 것은 저보다 3,600명 현대건설 임직원이 한마음으로 열심히 해준 덕분입니다."

그의 말처럼 심현영 전 현대건설 사장의 노고가 없었다면 현대건설의 경영정상화는 결코 쉽지 않았을 것이다. 심현영 사장이 착실하게 기초공사를 해놓았기에 후임으로 온 그가 불과 3년 만에 현대건설을 회생시키는 기적적인 과업을 달성할 수 있었다. 그러나 이지송의 강력한 리더십이 없었다면 현대건설의 회생은 분명 요원한 일이었다. 혼신을 다하면 이루지 못할 것이 없다는 수인사대천명의 정신으로 임직원을 자신이 보살펴야 하는 가족이라 여기고, 추진력과 뜨거운 열정으로 난관을 이겨낸 최고경영자 이지송이 있었기에 가능한 일이었다.

한없이 따뜻했던 감사의 선물

2005년 5월, 현대건설 노사가 임금 및 단체협약에 합의하는 자리에서 이지송은 그만 눈물을 왈칵 쏟았다. 그의 손가락에는 정체 모를 금반지가 끼워져 있었다. 그 금반지는 어려워진 회사 사정으로 뼈를 깎는 고통을 감내해왔던 노조 간부들이 십시일반으로 돈을 모아 사장 부부에게 선물한 커플 반지였다.

노조는 그가 사장으로 재임한 3년 동안 위기에 빠진 현대건설을 회생시킨 그에게 고마움의 표시로 노사가 서로를 이해하고 협력하자는 의미로 '역지사지(易地思之)'가 새겨진 반지를, 아내에게는 이지송 사장의 좌우명인 '수인사대천명'이 새겨진 반지를 선물했다.

일반적으로 사측과 갈등하고 반목하는 노조가 경영자에게 회사경영을 잘했다며 선물을 건네는 경우는 예나 지금이나 매우 드문 일이다. 그만큼 노조는 회사의 경영정상화에 힘써준 그에게 진심으로 고마운 마음을 가지고 있었고, 이지송은 감격에 겨워 그만 눈물을 흘린 것이었다.

그는 만나는 사람마다 그 반지를 자랑스럽게 보이며 40년 넘게 건설인의 삶을 살면서 지금처럼 행복했던 순간은 없다고 말할 정도로 노조 간부들의 마음이 담긴 그 선물을 무척 마음에 들어했다.

그의 아내도 마찬가지였다. 이날 노조로부터 금반지를 받고 집으로 돌아오면서 남편에게 "일평생 일밖에 모르는 당신의 아내로 살면서 받은 최고의 선물이네요."라고 얘기했다고 하니, 아내 또한 그 반지를 얼마나 애지중지했는지 알 수 있다.

이지송은 이처럼 노조로부터 감사의 선물을 받을 정도로 현대건설의 모든 임직원으로부터 강한 신뢰를 얻었다. 이는 그가 일을 위해서라면 어떤 어려움도 불사하며, 회사가 당면한 도전과 역경을 극복해 종국에는 회사의 경영정상화를 이루어낸 강력한 리더십의 경영자였기 때문이다.

하지만 그것보다 직원들이 그를 믿고 따른 이유는 일을 할 때는 매섭게 직원들을 몰아붙이면서도 늘 그들의 마음을 세심하게 헤아리고 보듬는 가슴 따뜻한 경영자였기 때문이다. 그는 청소하는 직원부터 현장 간부에 이르기까지 수백 명의 직원들을 한 사람 한 사람 다 기억했고, 설렁탕 한 그릇을 사주며 다독이고 격려할 정도로 한없이 자상한 리더였다. 이러한 그의 따뜻하고 인간적인 면모는 현대건설 사장으로 있는 내내 곳곳에서 드러났다.

신입사원이 입사하면 부모를 초청해 사원들에게 일일이 카네이션을 달아드리게 하고 감사의 편지를 전달하는 한편, 집에 쌀 한 가마씩을 보내 입사를 축하해주었다. 또한 회사에 좋은 일이 생기면 전 부서에 떡을 돌리며 모든 임직원과 그 기쁨을 함께 나눴고, 기회가 있을 때마다 직원과 그 가족들이 함께하는 자리를 마련해 즐거운 시간을 보냈다. 뿐만 아니라 종종 사원과 대리, 과장으로 구성된 모임에 참석해 저녁식사를 하기도 했고, 임원들이 업무에 집중할 수 있도록 간단한 사항은 번거로워도 직접 찾아가 물었다. 연초에는 딱딱한 시무식 대신 간부들과 함께 직접 회사 로비에 나가 출근하는 직원들에게 복주머니와 떡을 나눠주었으며, 일 때문에 직원들을 무섭게 질타한 후에는 상대가 마음을 다치지 않았을까 염려하며 살뜰히 챙겼다.

현대건설 사내 출입기자인 한국일보의 송영웅 미래기획단장은 그의 이러한 인간적인 모습을 수없이 목격했다.

퇴근 시간이 넘은 어느 늦은 오후, 송영웅은 평소 친분이 두터운 그를 만나기 위해 현대건설 5층 사장실 안 접견실에서 차를 마시며 회의하고 있는 그를 기다렸다. 그런데 갑자기 사장실 안쪽에서 그의 고함소리가 들렸다. 어찌나 그 소리가 크던지 간헐적으로 들리는 큰 소리만 들어서는 그 내용을 정확하게 알 수 없었으나 회의에 참여한 임원들을 나무라는 것 같았다.

그렇게 20여분이 흘렀을까. 회의를 마치고 접견실로 들어온 그는 아직 화가 가라앉지 않았는지 얼굴이 붉으락푸르락했다. 이에 송영웅은 조심스럽게 무슨 일이 있느냐고 물었다. 그러자 그는 사장실 안에서 있었던 일을 얘기하며 혼을 낸 임원들을 걱정했다.

"다들 열심히 뛰는 거 알지만 어쩌겠어. 이렇게 해서라도 긴장의 끈을 놓지 못하게 해야 하니. 사실 저 친구들이 고마워. 그나저나 호통을 쳐놨는데 다들 저녁이나 먹고 하는지 모르겠네."

임원들 생각에 눈가가 촉촉이 젖은 그는 즉시 비서에게 이들의 저녁식사 장소를 예약하라는 지시를 내렸다.

사실 송영웅은 이날 말고도 그의 눈물을 여러 차례 보았다. 이라크 공사 미수금을 돌려받기 위해 워싱턴을 방문했을 때, 서산 간척지가 기업도시로 선정되었을 때, 혼신의 노력 끝에 현대건설의 주가가 3만 원을 돌파했을 때 등등.

그는 '호랑이 사장님', '저승사자'라고 불릴 정도로 일을 할 때는 가차 없이 직원들을 몰아붙였지만 늘 직원들을 가족처럼 아끼고 사랑했다. 강인함 뒤에 숨어 있는 그 따뜻함을 알기에 현대건설의 임직원은 그를 두려워하면서도 진심으로 존경하고 따랐다. 마치 과거에 이지송이 정주영 회장을 따랐던 것처럼…….

그는 정주영 회장에게 혼난 기억밖에 나지 않는다고 얘기할 정도로 정주영은 일할 때 직원들을 매섭게 다그쳤다.

"왕회장에게 혼난 기억밖에 안 납니다. 열심히 일해도 수고했다는 소리 한번 들어보질 못했어요. 아무 소리 안하면 잘했다는 것입니다. 그런데 회장님은 참 특이한 분이셨습니다. 욕을 들어서 마음에 맺히는 욕이 있고, 심한 욕을 해도 기분 나쁘지 않은 욕이 있는데 그분은 후자였습니다."

정주영은 일할 때는 물불 가리지 않고 호랑이처럼 으르렁거렸지만 자신 때문에 상처받았을 직원들을 염려하고 마음에 담아둘 정도로 따뜻한 사람이었다. 그는 자신의 자서전을 통해 일에 철두철미한 데다 성격까지 급해 알게 모르게 주변 사람들에게 많은 상처를 줬다며 이 점에 대해 늘 미안함을 느끼고, 지금의 현대가 있기까지 최선을 다해준 그들에게 고마움을 느낀다고 말했다. 이와 같이 마음속 깊은 곳에 따뜻함이 있던 정주영이었기에 이지송처럼 매일 혼이 나고 험한 소리를 들어도 많은 사람이 그를 진심으로 존경하고 따랐던 것이다.

이지송은 이러한 정주영에게서 경영 수업을 받은 것을 행운이라고 생각했고, 그의 가르침에 어긋나지 않는 경영자가 되기 위해 부단히 노력했다. 그 노력이 있었기에 한없이 따뜻한 감성 리더십으로 현대건설 직원들을 하나로 결집시켜 좌초 직전의 현대건설호를 구해낼 수 있었던 것이다. 즉, 현대건설의 회생은 그의 강인한 리더십과 감성 리더십이 만들어낸 기적이었다.

영원한 현대건설맨의
아름다운 퇴장

마지막 순간까지 회사의 미래를 생각하다

일 잘하면 바짓가랑이라도 붙잡고 매달리지만 일 못하면 냉정히 내쳐지는 것이 조직이다. 노조에게 금반지까지 선물받을 정도로 경영도 잘하고 모든 임직원과 끈끈한 관계를 유지했던 이지송은 그래서 유임이 유력시되었다. 그 또한 사장직을 유지하고 싶다는 의견을 피력하기도 했다.

그런데 그러던 그가 돌연 사의를 표명했다. 가장 큰 이유는 건강 악화. 실제로 그는 사장 취임 후 3년 동안 연일 이어진 강행군에 건강이 많이 악화되었다. 수면제 없이는 잠을 제대로 이루지 못할 정도로 극심한 스트레스 속에서 그는 자신의 몸을 챙길 겨를도 없이 회사의 경영정상화를 위해 숨 가쁘게 달렸다. 그야말로 하루하루 현대건설을 기필코 살리겠다는 일념과 정신력으로 버텨온 나날이었다. 그러니 아무리 타고난 건강체질이라고 해도 그의 몸이 성할 리 있겠는가. 여기에 여러 가지 상황이 겹치면서 그는 채권단에 사의를 표명하기에 이르렀다.

그의 유임을 바랐던 현대건설의 모든 임직원은 크게 안타까워했다. 현대건설을 살려 구조조정의 위기에서 자신들을 구하고, 늘 따뜻한 가슴으로 자신들을 대하던 사장이 아니던가. 특히 마지막까지도 회사를 위해 최선을 다하는 그의 모습은 모든 임직원에게 깊은 감동을 주었다.

그는 채권단에 의해 퇴임이 결정된 이후에도 평소와 다름없이 각 본부에 들러 부서별 사업계획 추진 상황을 일일이 체크했음은 물론 공사 수주에 열을 올렸다. 퇴임을 불과 며칠 앞두었을 때도 두바이로 날아가 직접 공사계약을 체결하고 돌아왔을 정도였다. 퇴임을 목전에 둔 그가 더더욱 열정적으로 회사 일에 매진했던 이유는 오직 하나, 현대건설의 미래를 위해서였다.

"현대건설 사장으로서 남은 기간은 정말 소중한 시간입

니다. 그만큼 마무리할 일도 많고 남아 있는 후배들과 후임자를 위해 준비해놓아야 할 일도 많습니다. 산에 오르는 것보다 내려가는 것이 더 힘듭니다. 그리고 이렇게 떠나지만 현대건설이 저를 필요로 하면 언제든 어디든 달려갈 겁니다. 그곳이 해외라면 사비를 들여서라도 찾아갈 겁니다."

이렇게 마지막 순간까지 회사를 위해 최선을 다하는 그의 모습에 어느 누가 감동하지 않겠는가. 그 때문인지 그의 퇴임식은 많은 직원의 눈물 속에서 성대하게 치러졌다.

눈물과 감동이 함께한 퇴임식

"사장님 수고 많이 하셨습니다."

2006년 3월 30일. 그는 퇴임식장에 걸린 현수막을 보며 눈시울을 붉혔다. 현대건설을 살리지 못하면 자신도 끝장이라는 각오로 현대건설에 뛰어든 이후 온 힘을 다해 전력 질주한 지난날들이 주마등처럼 스쳐 지나갔기 때문이다. 참으로 힘겨웠지만 그만큼 행복한 나날이기도 했다. 현대건설 임직원과 한마음 한 뜻으로 수많은 도전과 위기를 극복하며 회생의 길로 한 발짝 한 발짝 나가는 과정은 그에게 그 무엇과도 바꿀 수 없는 큰 성취감과 기쁨을 안겨주었다. 그는 3년 동안 기적이라고 표현할 수밖에 없는 수많은 성취를 이루기까지 음과 양으로 도와준 직원들에게 한없는 고마움을 느꼈고, 이날 치러진 퇴임식에서 그 마음을 잊지 않고 표현했다.

"제일 고마운 것은 3천 5백여 명의 우리 임직원이 열심히 해준 것, 그게 우리 현대건설을 다시 일으켜 세운 힘이라고 생각합니다. 모든 공을 임직원에게 돌립니다. 그리고 우리 현대건설을 사랑해준 모든 주주님들, 정부 관계자 여러분에 대해서도 평생 잊지 않고 감사의 마음을 간직하겠습니다. 끝으로 밖에서도 영원한 현대건설맨으로 남아 회사 발전을 기원하겠습니다."

그의 연설은 퇴임식에 참석한 모든 임직원에게 큰 감동을 주었다. 또한 그가 떠나는 것이 못내 안타깝고 아쉬워 많은 직원이 눈물을 흘렸다. 그리고 이런 직원들 가운데 한 명이던 채미자 현대건설 여직원 모임 회장은 이러한 마음을 한 언론과의 인터뷰를 통해 내비치기도 했다.

"어려웠던 회사를 이렇게 좋은 회사로 만들어놓고 떠나시는 게 아쉽고 섭섭합니다. 더 좋은 회사를 만들기 위해 저희가 더 노력하겠습니다. 우리를 위해 애쓰시느라 건강이 많이 안 좋아지셨는데 모쪼록 건강하고 행복하셨으면 좋겠습니다. 또 멀리서나마 저희를 바라봐주셨으면 좋겠습니다."

그렇게 이지송은 수많은 직원의 뜨거운 환송을 받으며 30년 현대건설 생활을 마무리했다. 현대건설 역사상 그처럼 성대한 퇴임식을 치른 사장도, 퇴임을 안타까워하는 직원들의 눈물 속에서 회사를 떠나는 사장도 없었다. 그만큼 현대건설 임직원에게 그는 그 누구보다 뛰어난 경영자이자 '영원한 현대건설맨'이었다. 그의 뒷모습은 이토록 아름다웠고, 그의 '기적의 시대'는 이렇게 끝나는 듯했다.

그에게 LH 사장은 오랜 세월 건설인의 길을 걸으며 사회와 나라로부터 받은 많은 혜택을 다시 사회와 나라에 환원하고자 선택한 보은의 길이었고, 늘 사회와 국가에 보탬이 되는 일을 하고자 꿈꾸었던 그에게 국가가 부여한 마지막 소명이었다. 따라서 그는 국민 외에 그 누구의 눈치도 볼 필요 없었고 아쉬울 것도 없었다.

소명의

길

03,

대학 경영에서도
눈부시게 빛난 리더십

자신과의 약속을 지키기 위해 선택한 길

좌초 직전의 현대건설호을 구하고 명예롭게 퇴임한 이지송은 '현대건설 사장'이라는 화려한(?) 직함은 사라졌지만 여전히 세간의 주목을 받았다. 불과 3년 만에 다들 무모한 도전이라며 고개를 저었던 현대건설의 회생이라는 기적을 일구어낸 그를 영입하기 위해 많은 곳에서 구원의 손짓을 보내왔기 때문이다. 그랬던 만큼 그의 다음 행로는 많은 이들의 관심 대상이었고, 대부분 그가 또 다른 큰일을 맡을 것이라고 생각했다. 그러나 그 예상은 보기 좋게 빗나갔다.

그는 퇴임 이후, 현대건설 사장으로 취임하기 이전까지 몸담았던 경복대학으로 돌아갔다. 2003년 봄, 자신에게 '가지 않으면 안 되는 길'이었던 현대건설 사장직을 수행하기 위해 어쩔 수 없이 떠나야 했던 대학으로 다시 돌아온 것이다.

현대건설을 살리기 위해 학교를 떠나면서 더 이상 후학양성에 힘쓸 수 없다는 사실에 못내 아쉬워하고, 사회와 나라에 보탬이 되는 일을 하는 것을 자신의 최종 꿈이자 삶의 궁극적인 목표라고 생각했던 그에게 경복대학으로의 복귀는 전혀 이상할 것이 없는 일이었다. 사회와 나라에 보탬이 되는 후학양성에 매진하겠다는 자신과의 약속을 지키고, 자신의 꿈을 이루기 위한 당연한 수순이었다.

그가 경복대학과 처음 인연을 맺은 것은 1998년이었다. 당시 현대건설 부사장으로 바쁜 나날을 보내던 그는 관(官)·산(產)·학(學) 협력을 통한 취업 문호 확대에 힘쓰던 경복대학이 도입한 초빙교수 제도에 지원했다. 평소 오랜 세월 기업에서 일하며 사회와 나라로부터 많은 혜택을 받았다고 생각한 그는 그 은혜를 갚을 수 있는 길을 늘 고민했고, 때마침 경복대학에서 학생들의 취업에 활력을 불어넣어줄 산업체의 유명 인사들을 초빙교수로 모집한다는 얘기에 지원서를 낸 것이다.

당시 경복대학의 김상호 학장은 그의 지원 서류를 본 뒤 깊은 고민에 빠졌다. 화려한 경력을 자랑하는, 그것도 현직 현대건설 부사장이 포천의 외진 곳에 위치한 이름도 없는 2년제 전문대학에 오겠다고 하니 머리가 복잡했던 것이다.

'경력이 무척이나 화려한 분인데 우리 대학에 오셔서 얼마나 계실까? 서울에 있는 명문대학교에도 초빙될 수 있는 분인데, 왜 지방의 작은 전문대학에 지원하셨을까?' 오랜 고심에 고심을 거듭한 김상호 학장은 결국 그를 토목설계학과 초빙교수로 낙점했다.

여러 우려에도 불구하고 그가 이지송을 선택한 이유는 다른 지원자들을 포함해 대한민국에서 그만큼 토목 분야에 정통한 인물이 없었기 때문이다. 그는 이론적으로나 기술적으로나 경험적으로나 토목 분야에서 자타가 공인하는 국내 최고의 토목 전문가였고, 그래서 취업 문호 확대에 힘쓰던 경복대학 입장에서는 쉽게 뿌리칠 수 없는 유혹이었다. 염려가 현실이 될지라도 김상호 학장은 그를 꼭 붙잡고 싶었다.

그는 그렇게 경복대학과 인연을 맺었고, 당시 그는 그 누구보다도 열정적인 강의를 펼쳐 학생들뿐만 아니라 교직원들에게도 큰 귀감이 되었다.

강력한 개혁 의지로 경복대학에 날개를 달다

1998년 초빙교수 시절, 혼신을 다해 학생들을 가르친 그의 노력과 열정은 그가 부사장을 끝으로 현대건설을 은퇴한 뒤에도, 또 위기에 빠진 현대건설을 살리고 명예롭게 사장 자리에서 내려온 뒤에도 경복대학이 그를 다시 찾게 만든 힘이 되었다.

그는 홍익인간의 이념 아래 국가와 사회의 일원으로서 민족문화 창달과 인류공영의 실현에 기여할 유능한 인재를 육성하고자 하는 경복대학의 설립이념에 정확하게 부합하는 인물이었다. 또한 자신이 이룬 성취에 안주하지 않고 후학양성을 통해 보국안민(輔國安民)의 길을 걷고자 하는 그의 강한 신념과 열정의 크기를 직접 목격한 경복대학의 입장에서는 여러 모로 그를 마다할 이유가 전혀 없었다. 오히려 학교 발전을 위해 삼고초려(三顧草廬)를 해서라도 영입해야 할 인물이었다. 그런데 다행스럽게도 그는 경복대학의 권유를 뿌리치지 않았고, 덕분에 경복대학은 2007년 다시 한 번 그와 함께할 수 있었다.

경복대학은 그를 다시 학교로 영입하면서 교수가 아닌 총장의 자리를 맡겼다. 사실 경복대학이 그를 대학의 수장 자리에 앉힌 것은 큰 모험이었다. 그는 기업 경영에서는 베테랑이지만 대학을 경영해본 경험이 전혀 없었기 때문이다. 그럼에도 이러한 모험을 감행한 것은 기업의 혹독한 경쟁 원리를 평생 체감하며 수없이 많은 도전과 역경을 헤쳐온 그의 뛰어난 경영 능력이 대학에서도 분명 통할 것이라고 판단했기 때문이다.

특히 경복대학은 불과 3년 만에 위기에 빠진 현대건설을 살려낸 그의 경영 능력이라면 그 어떤 분야에서든 빛을 발하리라 믿어 의심치 않았다. 경복대학의 이러한 강한 믿음이 있었기에 그는 대학을 경영한 경험이 전혀 없는데도 제5대 경복대학 총장이 될 수 있었다.

경복대학이 대학 경영 경험이 전무한 사람을 총장으로 선택했다는 것은 그만큼 변화가 절실히 필요했다는 반증이다. 아닌게 아니라 2007년 1월 그가 총장으로 부임할 당시 경복대학은 남양주 캠퍼스 이전을 비롯해 해결해야 할 문제가 산적해 있었다. 또한 갈수록 가열되는 대학 간 경쟁에서 어떻게 살아남아야 할지 고민이 깊었다.

1992년 개교한 이래 지속적으로 대학 홍보에 심혈을 기울였지만 포천의 외진 시골 마을에 위치한 데다 홍보 전략도 다른 대학들과 차별성이 없어 일반인들은 학교의 이름조차 생소해했다. 대입 학령인구는 갈수록 줄어들고 그에 반해 대학은 넘쳐나는 상황 속에서 이대로 가다가는 머지않은 미래에 학교의 존립 마저 장담할 수 없는 상태였다.

경복대학의 예측은 결코 엄살이 아니었다. 2010년 기준 4년제 대학과 전문대학을 합쳐 총 신입생 선발 인원은 약 60만 명인데 반해, 통계청 조사 결과에 따르면 18세 기준으로 한 대입 학령인구는 2010년 68만 2,000명에서 2020년 49만 3,000명으로 급감한 후, 2030년에는 42만 1,000명, 2050년에는 31만 1,000명으로 줄어든다.

지금의 대학 수와 신입생 선발 인원을 그대로 유지할 경우 학생 자원이 부족해 '문 닫는 대학'이 나올 것은 불 보듯 뻔한 일이었고, 당시 학교의 이름조차 모르는 사람이 태반이었던 경복대학으로서는 5대 총장을 어떤 사람으로 맞이하느냐가 향후 대학의 미래를 결정짓는 매우 중요한 일이었다. 5대 총장이 4년 동안 어떻게 하느냐에 따라 경복대학은 대학들의 치열한 생존 경쟁 속에서 살아남을 수도 도태될 수도 있었다.

특단의 조치를 취하지 않는 이상 대학의 존립마저 장담할 수 없는 위기의 상황에서 경복대학이 비장하게 꺼내든 카드가 이지송, 바로 그였다.

획기적인 변화가 필요한 시점에서 경복대학의 구원투수로 등판한 그는 교직원들은 물론 학생들에게 큰 기대감을 안겨주었다. 교직원과 학생들은 벼랑 끝에 서 있던 현대건설을 살려냈듯 그가 대학 간 생존 경쟁에서 고전을 면치 못하는 경복대학에 부활의 날개를 달아주리라 믿어 의심치 않았다. 이러한 기대와 믿음을 잘 알고 있었기에 총장에 임하는 그의 각오도 남달랐다.

"최선을 다해 학생다운 학생, 교수다운 교수, 학교다운 학교를 만들겠습니다."

그는 취임식 날, 남다른 각오로 경복대학에 투신한 만큼 혼신을 다해 학교 발전에 이바지하겠다고 약속했다.

그가 경복대학 총장으로 재직한 2년 7개월여의 시간은 취임식에서 했던 자신과의 약속을 강력한 변화와 개혁의 의지로 지켜나가는 과정이었다. 그 결과 경복대학을 동북권 중심대학으로 성장시키는 기틀을 마련했다고 해도 과언이 아닐 정도로 그가 이룬 성과는 학교 발전에 크나큰 영향을 미쳤다.

그는 경복대학의 치명적인 아킬레스건이었던 통학버스를 무료로 운영하도록 하여 학교 이미지 개선은 물론 해마다 거듭되던 입학 자원 확보 문제를 해결하는 것에 크게 기여했다. 또한 매년 240명에 이르는 재학생들에게 무료로 해외 어학연수의 기회를 제공해 경복대학 학생들이 글로벌 인재로 거듭나는 데 디

딤돌 역할을 했다.

"학생을 입학시켰으면 진로까지 책임지는 것이 대학의 임무다."라고 강조하며 학생들의 취업 문제 해결에도 발 벗고 나섰다. 그 결과 그가 총장으로 부임한 이후 수많은 경복대 학생들이 현대건설을 비롯한 유수 기업에 취업했고, 학교와 인접한 서울시 8개 구청(노원구, 도봉구, 성북구, 강북구, 중랑구, 동대문구, 성동구, 강동구, 서초구)과 관학협력 관계를 맺었으며 43개에 이르는 종합사회복지관과도 산학협력을 체결했다. 또한 관학협력을 체결한 서울시 각 구청에 경복대학의 협력학과를 개설하여 이름 없는 경복대학을 널리 알리고 성장시키는 데 이바지했다.

당시 그의 취업활성화 전략으로 경복대학의 취업률이 98퍼센트에 이르렀으니, 이는 전문 교육가 출신은 아니지만 경복대학의 생존과 발전을 위해 대학 운영에 기업적 마인드와 논리를 실용적으로 접목하려 했던 그의 다양한 시도와 혼신의 노력이 있었기에 가능한 일이었다.

또 다른 마중물이 되기 위해 다시 길을 나서다

기적적으로 현대건설을 회생시킨 후, 사회와 나라에 보탬이 되는 후학양성에 매진하겠다는 자신과의 약속을 지키기 위해 두 번 고민하지 않고 경복대학에서 새로운 도전을 선택한 이지송. 그 결의에 찬 각오만큼 경복대학의 발전을 위해 그가 쏟아부은 노력과 열정은 실로 대단했다. 덕분에 경복대학은 다른 대학들의 벤치마킹 대상이 되었고 고등직업교육기관으로서 기업들에게 인정받는 학교로 부상할 만큼 경쟁력을 갖추게 되었다.

그러나 그는 늘 이룬 것에 만족하지 않고 더 많은 일을 이루지 못한 것에 대해 안타까워했다. 그리하여 이루지 못한 일들을 결코 포기하지 않고 마음에 깊이 새겨두었다가 반드시 시도하여 끝내 이루어냈다. 이러한 모습은 많은 교직원에게 큰 귀감이 되었고, 그를 더욱 존경하고 따르게 하는 주요 원인이 되었다.

2009년 8월, 그는 이루지 못한 일들에 대한 안타까움이 커도 더 이상 이를 시도할 수 없는 처지가 되었다. 나라의 부름을 받았기 때문이다. 한국토지공사와 대한주택공사, 두 개의 거대 공기업을 하나의 성공적인 통합 공기업으로 만드는 막중한 임무가 그에게 주어졌다. 또 다른 마중물이 되기 위해 그는 다시 미개척의 길로 나서야 하는 위치에 선 것이다.

나라의 부름에 응하기까지 그는 고민하고 또 고민했다. 자신의 최종 꿈이자 삶의 궁극적 목표인 '사회와 나라에 보탬이 되는 일'을 하기 위해 많은 유혹의 손길을 뿌리치고 경복대학에 투신한 그가 아니었던가. 경복대학에서의 후학양성은 단순히 개인의 영달을 위한 선택이 아니라 사회와 나라에 봉사하고자 하는 마음에서 비롯된 선택이었기에 이곳을 떠나는 일은 그에게 결코 쉽지 않았다.

그러나 나라의 부름을 외면하기에는 그 손길이 너무도 간절했고, 자신이 맡아야 하는 일 또한 사회와 나라를 위한 일이었다. 무엇보다 혼신의 노력으로 경복대학이 어느 정도 성장 기반을 다진 상태였기 때문에 그는 어렵지만 새로운 길을 떠나기로 결심했다.

나라가 그에게 맡긴 일은 한국토지공사와 대한주택공사의 통합 공기업인 한국토지주택공사(Korea Land & Housing Corporation, LH)의 사장직이었다. 거대한 두 공기업이 하나로 통합된 조직을 선두에 서서 이끌어가야 하는 만큼 수많은 고난이 예상되는 자리였다.

현대건설 사장직을 제의받았을 때와 마찬가지로 주변 사람들의 반대가 극심했다. 세상만사 힘들지 않은 것이 없지만 상대적으로 다른 곳보다 편하고 보수도 좋은 대학 총장직을 그만두고 세상 사람들이 험난하다고 말하는 길을 가겠다고 하니, 그의 선택을 누가 환영하겠는가. 특히 가족의 반대가 만만치 않았다.

아내와 두 딸은 그의 나이와 건강을 염려하며 간절한 마음으로 그를 만류하고 또 만류했다. 그러나 그는 늘 그래왔듯 오랫동안 사회와 나라로부터 큰 혜택을 받은 만큼 힘이 닿는 한 그 은혜를 갚아야 한다며 가족을 설득했다.

그는 LH 사장이 나라가 자신에게 부여한 마지막 소명이라고 생각했고, 그러한 막중한 책임감을 안고 경복대학을 떠났다.

길고 험난한 여정의 시작, LH 출범

절대적인 지지 속에 탄생한 LH호의 최초 선장

1993년 김영삼 정부는 두 개의 공기업을 하나로 통합하기 위한 논의를 했다. 그러나 이 일은 결코 만만치 않았다. 그도 그럴 것이 통합하고자 하는 두 개의 공기업이 바로 대한주택공사와 한국토지공사였기 때문이다. 두 공사는 오랜 역사를 가지고 있을 뿐만 아니라 통합 당시 두 곳의 총 자산 규모가 무려 100조여 원에 이를 만큼 몸집이 거대해 번번이 통합 시도는 논의에 그치고 말았다.

정부가 이런 두 공기업을 통폐합하려 했던 가장 큰 이유는 '업무 중복'이었다. 대한주택공사와 한국토지공사는 명목상 주택과 토지를 각각 담당하고 있었지만 실질적으로는 택지개발(일반, 신도시, 도시)과 도시재생(도시환경정비, 총괄사업관리), 혁신도시, 기업도시, 임대주택건설 등 여러 영역에서 업무가 겹치면서 그로 인한 부작용이 적지 않았다. 또 하나의 결정적인 이유는 변화된 시대 상황으로 인해 주택토지 정책의 틀을 바꿔야 한다는 시대적 요구에 의해서였다.

대한주택공사와 한국토지공사는 한국전쟁 이후 우리나라가 성장가도를 달리던 시기에 탄생한 공기업으로, 대한주택공사는 1962년, 한국토지공사는 1979년에 설립되었다. 두 공사가 설립된 주요 목적은 각종 개발 사업을 비롯하여 부동산 시장에 필요한 토지와 주택을 대량으로 공급하기 위함이었다.

두 공사가 탄생한 1960~1970년대는 국토 개발 사업을 중심으로 경제 개발이 본격적으로 이루어지던 시기로, 도로, 다리, 항만, 상·하수도, 주택 등의 건설 사업이 활발하게 추진되었다. 그로 인해 하루가 다르게 우리나라 국토의 그림이 달라지고 '한강의 기적'이라고 표현될 만큼 눈부신 경제 발전이 이루어졌다. 즉, 1960~1970년대는 우리나라가 경제 개발에 박차를 가하고 눈부신 고속 성장이 이루어지던 시기였던 만큼 이를 위해 많은 토지와 주택이 필요했고, 이 역할을 수행할 공기업으로 대한주택공사와 한국토지공사를 설립하기에 이르렀던 것이다.

두 공사는 많은 양의 토지와 주택을 공급해야 하는 시대적 요구에 부응해 탄생한 만큼 시대 상황의 변화는 곧 두 공기업의 한계를 의미했다. 실제로 토지와 주택이 절대적으로 부족했던 과거와 달리 시간이 지날수록 이에 대한 공급부족 현상이 완화되면서 불필요한 업무 생성, 기능 중복으로 인한 여러 가지 부작용이 발생했다. 이에 1993년부터 두 공사의 통폐합 논의가 시작되었고, 이후 정권이 바뀔 때마다 통합 시도가 이루어지다가 마침내 이명박 정부의 강력한 공기업 선진화 방침에 따라 2009년 10월, 한국토지주택공사(LH)로 통합되었다.

두 공사의 통합으로 지금까지 있었던 폐단을 일소하고 토지 및 주택 개발을 종합적인 관점에서 효율적으로 수행할 수 있는 공기업이 탄생한 것이다.

그러나 당시엔 이러한 기대보다는 우려의 시선이 더 많았다. 그도 그럴 것이 통합 공사 LH가 앞으로 해결해야 할 난제들이 산적해 있었기 때문이다. 따라서 누가 LH의 수장이 될 것인가는 초미의 관심사였다. 처음부터 난항이 예상되는 거친 바다로 출항하는 배인 만큼 어떤 사람이 선장이 되느냐는 그 배의 운명을 좌우할 만큼 중요한 일이었기 때문이다. 또한 LH의 운명에 따라 정부가 강력하게 추진하던 공기업 선진화 정책이 탄력을 받느냐 마느냐가 판가름났기 때문에 정부는 그 적임자를 찾는 일에 만전을 기하지 않을 수 없었다.

LH 사장은 수많은 난관이 예상되는 국내 최대 규모의 공기업을 이끌어가야 하는 자리인 만큼 정부는 이와 관련된 풍부한 노하우와 경험은 물론 어떤 위기와 도전도 극복할 수 있는 강력한 리더십과 의지를 가진 인물을 물색하기 시작했다. 그러다 보니 자연스럽게 두 공사 출신이나 관료 출신보다는 민간 기업의 전문경영인 출신들이 후보로 거론되었고, 그 가운데 이지송이 2008년 8월 21일 최종적으로 LH 사장에 낙점되었다.

당시 LH를 이끌 적임자로 그만한 인물이 없다는데 이견을 제기하는 사람은 많지 않았다. 그는 오랜 세월 건설 현장에서 일하며 그 경험과 노하우로 위기의 현대건설을 불과 3년 만에 회생시켰음은 물론, 토지와 주택 사업을 아우르는 경륜을 가지고 있고, 대학에서 교수와 총장을 역임할 만큼 학식과 전문성도 갖춘 인물이었기 때문이다.

절대적인 지지속에 그는 그렇게 토지와 주택 정책을 실행하는 국내 최대 공기업을 이끌어나갈 최초의 선장으로 선택됐다.

출발을 위한 첫 단추 꿰기

이지송이 LH 사장으로 내정되자마자 발 빠르게 LH 출범을 위한 설립준비단이 발족되었다. 준비단에게 주어진 임무가 워낙 막중했던 만큼 양사(주택공사와 토지공사)에서 차출된 직원들은 물론 그 준비단을 이끄는 그의 마음가짐 또한 남달랐다. 그는 직원들에게 설립준비단의 중요성을 강조하며 허물없이 다가가 용기를 북돋고 격려를 아끼지 않았다.

그러나 설립준비단 직원들은 자신들이 출범 준비를 잘할 수 있을지 의구심이 들었다. 그도 그럴 것이 출범을 겨우 한 달여 정도 앞둔 시점에서야 설립준비단이 꾸려지고 일을 시작했기 때문이다. 통상적으로 기업 인수합병(M&A)의 준비기간이 최소 1년 이상인 점을 감안할 때 한 달이라는 시간은 짧아도 너무 짧았다. 더구나 통합 공사 LH는 그 자산 규모가 100조 원이 넘는 매머드급 공기업이었다. 이런 거대 공기업의 설립 준비를 한 달여 만에 마쳐야 했으니, 당시 함께 출범식을 준비한 LH 단지설계부의 박동선 부장의 얘기를 듣더라도 설립준비단 직원들의 근심과 불안이 얼마나 컸을지 짐작할 수 있다.

"주택공사와 토지공사의 통합을 30일 남짓한 기간 안에 끝내야 했습니다. 대부분의 사람들은 불가능한 일이라고 여겼지요. 저 또한 출범 후에 일정기간 동안 통합 작업을 보완해야 하지 않을까 걱정했던 기억이 납니다."

그러나 설립준비단은 얼마 지나지 않아 자신들에게 '불가능'을 '가능'으로 바꿀 수 있는 비밀병기(?)가 있다는 사실을 깨달았다. 그것은 바로 사장 이지송이었다. 그는 강력한 추진력과 한 치의 빈틈 없는 치밀함으로 설립준비단을 진두지휘하며 출범 준비에 박차를 가했다. 통합 공사의 밑그림을 그리기에는 턱없이 부족한 시간이었지만 그는 이에 굴하지 않고 시간을 쪼개고 아껴가며 산적해 있는 일들을 하나씩 처리해나갔다. 평생 거추장스럽다며 차지 않던 손목시계까지 찰 정도였으니, 그때 설립준비단에게 주어진 시간이 얼마나 촉박했는지 알 수 있다.

출범식까지 얼마 남지 않았던 만큼 설립준비단은 일분일초를 다투는 강행군을 이어나갔다. 매일 아침 7시에 출근해 밤샘근무를 하는 것은 물론이고 주말까지 반납했다. 설립준비단이 이처럼 최선을 다했던 이유는 일정이 촉박하기도 했지만 설립준비단을 진두지휘하는 그가 하루 일정을 분 단위로 나누어 짤 만큼 출범 준비에 박차를 가했기 때문이다. 수장이 전력을 다해 달리는데, 부하 직원들이 어찌 천천히 걸어갈 수 있겠는가.

그와 지척에서 가장 많은 시간을 보냈던 박동선 부장의 기억을 빌어 당시 그가 얼마나 촌각을 다투며 LH 출범 준비에 최선을 다했는지 살펴보기로 하자.

"당시 설립준비단에 파견 나가 있던 저는 우연찮게 이지송 사장님의 임시 비서를 맡게 되었는데, 사장님은 출근 첫날부터 주말도 없이 아침 7시에 출근해서 밤 12시가 지나서야 집에 귀가하셨습니다. 그때 직원들 대부분이 '초반에만 바짝 저러시다 말겠지.' 하고 생각했어요. 그런데 LH 출범 후에도 그 일정에는 한 치의 변함이 없었습니다. 개인보다 회사와 직원을 먼저 생각하는 열정이 있었기에 가능한 일이 아니었나 싶습니다."

퇴근 후에도 그의 업무는 끝나지 않았다. 빠른 업무 파악을 위해 엄청난 양의 자료를 읽고 검토했다. 사장 내정자로서 설립준비단을 이끌 때 읽은 자료의 양이 그의 평생 독서량에 가깝다고 스스로 말할 정도로 그는 업무를 섭렵하는 데 혼신을 다했다. LH 출범과 그 사장직을 수행하기 위해서는 무엇보다 업무 파악이 시급하다고 판단했기 때문이다.

이에 그는 2009년 9월 13일과 19일, 22일 3일에 걸쳐 1급(42명), 2급(428명), 3급(1,550명) 임원들을 불러 모아 각각 세 시간씩 집단

면담을 하고 업무보고를 받았다. 서류만 보는 것보다 직접 담당자와 얼굴을 맞대고 이야기하는 것이 보다 정확하게 업무를 파악하는 데 효과적이라고 생각했기 때문이다.

그는 임원들에게 업무보고를 받으며 잘 모르거나 이해되지 않는 부분에 대해서는 거침없이 질문을 퍼붓고 잘못된 답변에는 호되게 질책했다. 그래서 회의실은 내내 숨 막힐 듯한 팽팽한 긴장감이 흘렀다.

3일에 걸쳐 임원들과 회의를 하는 동안 그는 제대로 된 점심식사를 한 적이 없었다. 식당에서 식사를 하고 다시 모여 회의를 하려면 그만큼 시간이 지체되었기 때문이다. 일분일초가 아까운 시기였으므로 그는 임원들과 함께 김밥이나 햄버거로 점심식사를 대신하며 회의를 속행했다.

식사 시간을 아껴가며 회의를 하거나 업무보고를 받고, 모르거나 이해되지 않는 부분이 있을 때는 공격적으로 질의응답을 하는 그의 경영스타일은 LH 출범 후에도 계속되었다. 이러한 그의 모습은 LH 임직원에게는 거의 파격에 가까웠다. 오랜 시간 이른바 공(公)의 속성에 젖어 직장 생활을 해온 그들에게 그의 거침없는 경영방식은 불편하다 못해 심지어 고통스럽기까지 했다.

다음은 LH 오두진 보금자리개발이사의 회고 내용이다.

"이지송 사장님의 경영스타일은 파격적이었습니다. 음식으로 치면 낯선 땅에서 먹어보는 별식 같았지요. 입맛에 맞을 리 없었습니다. 평생 공(公)의 스타일에 길들여진 저로서는 너무나 당연한 것이었습니다. 그 맛은 한마디로 온도의 차이였고, 거리의 차이였습니다. 미적지근함이 아니라 뜨거움, 우회가 아닌 직진, 그 깊이와 속도는 제가 직장 생활을 하면서 경험해보지 못한 실체의 발견이자 배움이었습니다."

오두진 이사의 말처럼 그는 '미적지근함'이 아니라 '뜨거움'으로, '우회'가 아닌 '직진'으로 직원들을 진두지휘하며 LH 출범 준비를 해나갔다. 덕분에 LH호는 사람들이 불가능하다고 말했던 기간 안에 거친 바다로 출항할 수 있는 체제를 갖출 수 있었다. 이는 강력한 리더십으로 직원들을 이끌며 밤낮없이 출범 준비에 전력투구한 그의 빛나는 노력이 있었기에 가능했다.

그리고 그러한 노력 뒤에는 나라가 자신에게 부여한 마지막 소명에 최선을 다하겠다는 그의 강한 의지와 신념이 자리하고 있었다. 이 의지와 신념이 강력한 추진력과 뜨거운 열정의 동력이 되어 한 달여 만에 통합 공사 LH가 정상적인 회사의 모습을 갖추고 앞으로 나아갈 수 있는 체제를 갖추고 출발하는 데 결정적인 힘이 되었다.

LH호, 드디어 출항하다

2009년 10월 7일, 그의 진두지휘 아래 모든 임직원이 치밀하고 신속하게 준비한 끝에 드디어 LH 출범식이 거행되었다. LH 본사 대강당에서 이루어진 이 출범식에는 당시 이명박 대통령을 비롯해 이병석 국토해양위원장, 정종환 국토해양부장관 등 각계 주요 인사들과 수백 명의 LH 직원들이 참석해 역사적인 순간을 함께했다.

이날 이루어진 출범식은 향후 통합 공사 LH가 수행해야 할 역할이 무엇인지를 확인하고 다짐하는 시간이었다. 그는 출범사를 통해 "국민의 편에서 생각하고 행동하는 국민 중심 경영체제를 구축해 국민이 신뢰하고 사랑하는 공기업으로 거듭날 것."을 약속하며, LH를 혁신적인 변화와 개혁으로 공기업 선진화의 모범적인 성공사례로 만들겠다고 다짐했다.

이명박 대통령 역시 그와 같은 맥락의 축사를 했다. 특히 그는 주택공사와 토지공사의 통합을 강력하게 추진한 만큼 그 소회가 남달랐는지 30분이나 시간을 할애해 축사를 전했다. 그는 이 축사를 통해 "LH는 공기업인 만큼 민간 기업과 경쟁할 필요가 없고 오로지 스스로 경쟁해야 한다."며 민간 기업들이 이익이 나지 않아 일하기를 포기하는 부분을 보완하여 목돈 없는 사람들에게 서민주택, 전세주택과 같은 집을 제공할 수 있어야 한다고 당부했다.

한편, 촉박한 일정 속에서 고군분투하며 출범식을 준비한 LH 직원들은 행사 도중 혹 문제가 생기지나 않을까 노심초사하며 출범식을 진행했다. 다행스럽게도 별다른 문제없이 출범식은 끝났고, 함께 행사를 준비했던 관계 기관 직원들과 LH 임직원, 그리고 이명박 대통령을 비롯한 각계 주요 인사들까지 만족스러운 행사였다는 평가를 했다. 이러한 긍정적인 평을 듣고서야 출범식을 준비한 직원들은 겨우 안도의 숨을 쉬었고, 이지송은 이런 설립준비단 직원들을 잊지 않고 찾아와 일일이 악수하며 그 노고를 치하했다.

LH가 공식 출범함으로써 설립준비단은 자연스럽게 그 운명을 다했다. 설립준비단은 조촐하게 한 음식점에서 해단식을 가졌는데, 이때 뜻밖의 일이 일어났다. 이지송 사장이 깜짝 등장한 것이다. 이 자리에서 그는 직원들과 허심탄회하게 대화를 나눴고, 그 과정에서 직원들은 설립준비단에서 쌓였던 노고와 피로가 눈 녹듯이 사라졌다. 또한 '이제부터 다시 시작'이라는 새로운 각오도 다지게 되었다.

그는 이날의 모임이 지속적으로 이어지길 바랐다. 또한 시간이 허락하면 모임에 참석하겠다는 약속도 잊지 않았다. 이 모습을 통해 설립준비단 직원들은 그가 얼마나 구성원들과의 소통에 힘쓰는 CEO인지 절감했고, 그의 뜻을 적극 반영해 '마통회(마음을 통하게 하는 사람들의 모임)'라는 이름의 모임을 만들었다. 마통회는 '통합으로 하나 된 회사의 소통과 융합에 앞장서는 사람들이 되자.'라는 뜻을 내포하고 있다.

최고의 직원 복지는 고용안정

능력 있는 직원을 집에 보내는 일은 없다

LH 출범식이 있기 일주일 전인 2009년 10월 1일. LH 본사 대강당에는 이색적인 진풍경이 벌어졌다. 이른 아침부터 줄지어 배달된 수백 포의 쌀이 대강당 한쪽에 높이 쌓여 있던 것. 이 쌀은 LH 초대 사장인 이지송의 취임을 축하하기 위해 각계각층에서 보내온 것이었다. 평소 겉치레보다 실용을 중시하는 그의 지시에 따라 LH 측에서 취임식 전에 미리 각계에 연락해 굳이 축하의 마음을 표현하고 싶다면 난이나 화환 대신 쌀로 보내줄 것을 요청했기 때문이다. 이 요청에 따라 각계에서는 축하의 의미로 쌀을 보내왔고, 이 쌀들이 모이니 수백 포에 이르렀다.

그가 이러한 조치를 취한 것은 난이나 화환 대신 실용적인 쌀을 받아 어려운 사람들을 돕고자 함이었다. 그는 쌀을 보내준 사람들의 마음은 기쁘게 받고, 그 쌀은 보내준 사람들의 명의로 임대주택에 사는 저소득층과 불우이웃들에게 기부함으로써 각계각층에서 전한 축하의 마음을 더욱 빛나게 했다.

그의 취임식은 출범식과 함께 10월 1일에 있을 예정이었다. 그런데 피치 못할 사정으로 공식 출범식이 일주일 연기되면서 이날 그의 취임식이 치러진 것이다.

이날 취임식에서 그는 "사명만 빼고 다 바꾼다는 정신으로 사업, 재무, 인사, 조직, 문화 등 경영의 전 부분에 걸친 혁신적인 변화와 개혁을 추진해 반드시 경영정상화를 이루겠다."고 다짐하며 특히 '조직안정'을 강조했다. 그는 조직이 불안정한 상태에서는 어떤 일도 제대로 추진할 수 없다며 무엇보다 시급한 것은 조직을 안정시키는 일이라고 말했다. 그러면서 그는 기필코 조직안정을 이루어 LH가 공기업으로서의 공적 역할을 차질 없이 수행하게 하는 한편, 구조조정이라는 미명 아래 열심히 일한 직원이 회사에서 내몰리는 일이 없도록 하겠다고 약속했다.

당시 통합이 확정되면서 주택공사와 토지공사 직원들은 구조조정에 대한 불안감을 떨쳐내지 못했다. 그도 그럴 것이 정부에서 승인한 통합 공사의 정원을 만족시키려면 대대적인 인원 감축이 이루어져야 했기 때문이다. 그러나 그는 이날 취임식에서 다음과 같이 말했다.

"단순히 네 명 중 한 명을 강제로 내보내는 산술적인 구조조정은 있을 수 없으며, 열심히 일하고 능력 있는 직원이 집에 가는 일은 없을 것입니다. 부정부패를 하는 직원, 무능한 직원, 무사안일한 직원은 보호할 수 없지만 열심히 일하고 능력 있는 직원들은 제가 끝까지 지키겠습니다."

이 약속은 최고의 직원 복지는 고용안정이고, 고용이 안정되어야만 조직이 안정되어 원만하게 사업을 수행할 수 있다고 생각하는 그의 경영철학에서 비롯된 것이었다.

이날 취임식에서 했던 고용안정에 대한 약속은 그가 사장 자리에서 물러날 때까지 이어졌다. 그는 혼신을 다해 고용안정을 위해 노력했고, LH 임직원은 그 노력에 깊은 감사를 느꼈다. LH 아산사업본부에 근무하는 한 여직원은 그에게 꽃다발을 선물하며 그 고마움을 표현하기도 했다.

그가 사장으로 취임한 후 얼마 지나지 않았을 때의 일이다. 오랜 세월 공사 현장을 누비며 '모든 문제의 답은 현장에 있다.'는 진리를 체득한 그는 LH에서도 현장 경영을 중시하며 서울에서 제주에 이르기까지 전국의 모든 지역본부와 공사 현장을 수시로 찾아다녔다.

그러던 어느 날, 그는 충남에 있는 LH 아산사업본부를 방문하게 되었고, 이곳에서 우연히 한 여직원과 진솔한 대화를 나누게 되었다.

"사장님, 저는 남편과 아이들, 시부모님을 모시고 사는데, 최근 남편이 실직을 해서 제가 가족의 생계를 책임지고 있습니다. 그런데 구조조정으로 회사를 그만두게 될까 봐 너무 걱정이 돼서 요즘 잠도 잘 못잡니다."

애써 눈물을 참으며 힘겹게 자신의 얘기를 털어놓은 여직원을 따스한 눈빛으로 바라보던 이지송은 주저 없이 이렇게 말했다.

"오늘 이 시간 이후로는 두 다리 쭉 뻗고 주무세요. 절대로, 열심히 일하는 직원을 집으로 보내는 일은 없을 테니 걱정하지 마세요."

이 말을 들은 여직원은 결국 참았던 눈물을 흘렸다.

그로부터 1년여가 지난 어느 날, 그는 다시 LH 아산사업본부를 방문했다. 그런데 현관 앞에 낯익은 얼굴의 직원 한 명이 꽃다발을 들고 자신을 기다리고 있는 게 아닌가. 그녀는 바로 1년여 전 그에게 고용안정에 대한 약속을 듣고 눈물을 흘린 여직원이었다. 그녀는 자신에게 한 약속을 잊지 않고 지켜준 사장님에게 고마움을 표현하기 위해 그가 방문한다는 소식을 듣고 미리 꽃다발을 준비한 것이다. 그는 그녀의 열렬한(?) 환영 인사에 환한 미소를 지으며 기쁜 마음으로 그 꽃다발을 받았다.

고용안정으로 통합의 마지막 방점을 찍다

그는 단순히 현재의 고용 문제에만 신경쓰지 않았다. 훗날 후임으로 어떤 사장이 오더라도 직원들이 고용 문제로 불안에 떨지 않도록 LH의 고용안정을 완전히 정착시키기 위한 노력을 아끼지 않았다. 이를 위해 그가 추진한 일은 '정원 확대'였다.

2011년 어느 날, 그는 "그동안 헌신적으로 일한 직원들에게 보답하기 위해 퇴임 전에 고용안정과 조직안정까지 이루어놓고 가는 것이 나의 소망이자 책무다."라고 말하며 정원 확대를 추진하겠다는 의중을 내비쳤다.

정원 확대는 LH 직원들의 지속적인 고용안정 보장은 물론 늘 일할 사람이 부족해 고생하는 현장 직원들의 일손을 덜어주는 일이었다. 뿐만 아니라 예나 지금이나 심각한 사회문제가 되고 있는 일자리 확대에 기여할 수 있고, 신입사원 채용으로 조직에 새로운 활력을 불어넣을 수도 있는 일이었다. 그야말로 한 번에 네 마리 토끼를 잡을 수 있는 일이었기 때문에 그는 이 과업을 꼭 달성하고야 말겠다는 의지를 보였다.

때마침 정부가 일자리를 확대하고자 공기업의 인력을 늘리는 방안을 검토하고 있었기 때문에 그는 더욱 열의에 불탔다. 그러나 주위의 반응은 매우 회의적이었다. LH는 여전히 구조조정 중이었기 때문이다. 그러나 그는 포기하지 않았다. 기획재정부, 국토해양부, 청와대를 찾아다니며 LH의 정원 확대를 위해 혼신을 다했다.

하지만 정부의 반응은 싸늘했다. 아직 구조조정도 끝나지 않은 마당에 무슨 증원이냐며 검토할 가치도 없다는 반응이었다. 예상했던 일이었지만 워낙 정부의 반응이 차가웠기 때문에 LH 임원들은 무모한 도전이라고 생각했다. 그러나 그는 이에 굴하지 않고 임원들과 함께 발이 닳도록 담당 정부 부처를 찾아다니며 LH의 정원 확대 필요성에 대해 설명하고 또 설명했다.

그 간절한 마음이 통했을까. 2011년 12월, LH는 정부로부터 인력 증원에 대해 정식으로 승인을 받았다. 무려 500명에 이르는 막대한 숫자였다. LH는 창사 이래 처음으로 신입사원 500명을 채용할 수 있게 된 것이다.

LH의 정원 확대가 확정되던 날, 혼신의 노력을 다한 만큼 그의 소회는 남달랐다. 그는 긴급회의를 열어 임원들과 그 기쁨을 함께 나누며 LH 사장으로서 지금까지 고생한 것이 하나도 힘들지 않다며 다음과 같이 말했다.

"오늘이 바로 LH 통합의 마지막 방점을 찍는 날이 아닌가 생각합니다."

그는 결코 쉽지 않았던 정원 확대에 도움을 준 정부 부처의 모든 사람에게 감사한 마음을 담아 직원들이 정성껏 접은 종이학과 카드를 전달했다.

한편, 정원 확대 소식이 알려지자 LH의 모든 직원은 CEO로서 그의 저력에 다시 한 번 감탄하며 구조조정의 위험으로부터 더욱 안전하게 되었다며 안도의 한숨을 내쉬었다. 또한 불가능한 도전을 가능으로 바꾸어 지속적인 고용안정의 기틀을 마련해준 그에게 깊은 고마움을 느꼈다.

그리고 며칠 후, 임원들은 송년회 자리에서 그 마음을 담아 그에게 다음과 같은 장문의 편지를 써서 낭독했다.

지난 2년 2개월, 이지송 사장님과 함께해온 시간을 되돌아봅니다. "사업조정하겠다, 공사법 개정하겠다, 정원 확대하겠다." 처음에는 다들 설마하며 사장님의 그 말씀을 온전히 믿지 못했습니다. 무모한 일로 괜한 시간 낭비하시는 건 아닐까, 냉소적인 직원들도 있었음을 솔직히 고백합니다.

그런데 결국 다 해내셨습니다. 그 어렵다던 사업조정부터 시작하여 백년동안 지속가능한 LH를 위한 공사법 개정을 이끌어내시고 정말 기적과도 같은 정원 확대에 이르기까지……. 불가능을 가능으로, 꿈을 현실로 만드셨습니다.

그러고 보니 사장님은 늘 저희보다 한 발 앞서 생각하고 계셨습니다. 말보다는 발로 직접 뛰며 몸소 보여주셨습니다. 언제나 LH에게 든든한 버팀목이 되어주고 계셨습니다. 이 모든 것을 저희들은 이제야 알게 되었습니다. 사장님의 그 힘, 그 열정으로 LH가 여기까지 올 수 있었음을 비로소 깨닫게 되었습니다.

많이 서운하셨으리라 생각합니다. 사장님의 진정 어린 마음을 잘 몰라드려 정말 죄송하고 부끄럽습니다. 늦었지만 이제라도 뒤늦게 진심으로 감사드립니다.

사장님, 우리 LH를 지켜주십시오. 사장님을 믿습니다. 오래오래 LH를 지켜주시려면 무엇보다도 건강하셔야 합니다. 그동안 밤낮없이 뛰느라 몸이 많이 상하셨다는 것을 잘 알고 있습니다. 사장님은 이제 저희 임직원이 지켜드리겠습니다.

앞으로 사장님을 중심으로 더욱더 힘을 모아 진정으로 하나 된 LH를 만들어가겠습니다. 사장님께서 우리를 위해 하신 모든 일을 잘 이어받아 반드시 LH를 반석 위에 올려놓겠습니다.

이지송 사장님, 고맙습니다. 사랑합니다. 당신이 LH 사장님이라는 것이 정말 자랑스럽고 행복합니다.

– 2011년 한 해를 보내며

LH 임직원 모두의 마음을 담아

그는 LH를 이끄는 수장으로서 경영정상화를 위한 길을 쉼 없이 달리면서 수많은 일들을 이루었다. 그러나 그 길에서 가장 역점을 둔 것은 다름 아닌 고용안정이었다. 직원들을 가족처럼 사랑하고, 그 가족을 위한 최고의 복지는 고용안정이라는 경영철학을 가진 그에게 이는 너무도 당연한 일이었다. 이러한 그가 있었기에 적어도 일을 열심히 하는 LH의 임직원은 매서운 구조조정의 칼바람 속에서도 안전할 수 있었던 것이다.

무신불입,
믿음 없이는
일어설 수 없다

사방이 꽉 막힌 동굴에서 길 찾기

출범 당시 LH는 모든 국내 언론으로부터 많은 관심을 받았다. 특히 '거대한 두 공기업을 성공적으로 통합시킬 수 있을까.'라는 기대 속에 초대 사장으로 위임된 이지송에 대한 관심은 뜨거웠다. 각종 신문매체는 물론 방송에서도 그에 대한 내용을 연일 보도하다시피 했다. 그 기대에 걸맞게 그는 취임식 전 연합뉴스와의 인터뷰에서 LH 사장에 임하는 자신의 마음을 단호한 목소리로 다음과 같이 밝혔다.

"이번이 사장으로서 나의 마지막 취임식이라고 생각합니다. 저는 자리나 임기에 큰 미련이 없고 오로지 첫 공기업 통합이 성공적으로 자리매김하도록 최선을 다할 것입니다. 그것이 나라가 제게 부여한 마지막 소임이라고 생각합니다."

그러나 현실은 녹록지 않았다. 수많은 기대 속에 LH는 출범했지만 그를 기다리고 있는 것은 어려운 일 투성이었다. 그야말로 해결하고 풀어야 할 난제들이 수두룩했다. 얼마나 그 난제들이 많았는지 훗날 그는 이때의 심정을 이렇게 표현했다.

"그때는 정말 동굴 속에 들어간 것처럼 눈앞이 캄캄했습니다. 대체 어디서부터 어떻게 풀어나가야 할지 막막했지요."

당시 경영에 있어서 만큼은 베테랑 중 베테랑이던 그조차 막막하게 했던 난제들은 LH의 태생적인 한계로 인해 출범 당시 이미 잉태되어 있던 것들이었다. 15년이 넘는 오랜 세월 동안 통합 논의가 반복되는 과정 속에서 입장 차이를 보였던 두 기관의 갈등, 토지와 주택에 대한 공급현상 완화로 빚어진 기능 중복과 개발 경쟁으로 인해 불어난 천문학적 규모의 부채 등 LH

는 세상에 나오자마자 존립을 장담할 수 없는 어려운 문제와 직면해야 했다. 게다가 당시 대외적인 여건도 좋지 않았다.

2008년 전 세계적으로 경제적 혼란을 야기한 세계 금융 위기로 인해 부동산 경기침체가 장기간 지속되었고, 저출산, 1인 가구의 증가, 고령화 등으로 인해 개발 환경의 패러다임도 급변하고 있었다. 한마디로 LH 출범 당시, 우리나라의 경제 상황은 정상적인 경영은 꿈도 꾸지 못할 정도로 어려웠다.

그러나 그가 누군가. 어떤 역경 속에서도 희망의 끈을 놓지 않는 긍정의 아이콘이자 불가능한 도전들을 가능으로 바꾼 뜨거운 열정의 소유자 아닌가. 평생 건설인의 길을 걸으면서 그는 이때만큼 막막함을 느꼈던 순간은 없었지만 결코 불가능한 일이라고 생각하지 않았다. 매우 어렵고 힘든 일이지만 조직의 모든 구성원과 함께 혼신의 노력을 다하면 얼마든지 이룰 수 있는 일이라고 보았다.

무사안일주의에서 벗어나라

출범하자마자 수많은 난제에 둘러싸인 LH를 이끌게 된 그는 이 위기에서 탈출하려면 사업, 재무, 인사, 조직 등 경영 전반에 걸친 근본적이고도 총체적인 개혁과 혁신이 필요하다고 판단했다. 모든 것을 바꾸지 않고서는 조직의 생존조차 장담할 수 없는 상황이었다.

그는 사장으로 취임하자마자 무엇보다 조직을 둘러싸고 있는 분위기 쇄신에 힘썼다. 대부분의 공기업이 그렇듯 LH 역시 무사안일주의에 젖어 전체적인 사내 분위기가 느슨했다. 모두 다 그렇지는 않았지만 많은 임직원이 치열하게 일하지 않고 그저 무탈하게 시간이 흐르기만을 기다리는 태도로 일관했다. 이 상태로는 앞으로 한 걸음도 나아가지 못한 채 제자리걸음, 아니 뒷걸음질만 치다가 회사가 고꾸라질 상황이었다. LH 사장직을 나라가 자신에게 부여한 마지막 소명이라고 생각하며 반드시 LH를 국민의 사랑과 신뢰를 받는 공기업으로 만들겠다는 굳은 각오로 LH호에 탑승한 그는 이를 결코 간과할 수 없었다. 그리하여 그는 회사 일을 모든 사고의 중심에 두고 일을 위해서라면 어떤 어려움도 불사하는, 능동적이고 적극적인 사내 분위기를 조성하기 위해 쇄신을 꾀했다.

쇄신은 그로부터 시작되었다. 그는 그냥 지시하거나 지켜만 보는 것이 아니라 직접 팔을 걷어붙이고 일 중심의 회사 분위기를 만들기 위해 앞장섰다. 그 첫 번째 행보는 사장실을 바꾸는 것이었다. 그는 사장실 바닥에 깔려 있던 카펫을 걷어내고 책상 앞에 있던 소파 대신 회의용 대형 테이블을 갖다놓았다. 업무를 위해서라면 누구든 언제든지 사장실에 와서 함께 논의할 수 있도록 하기 위함이었다. 사장실뿐만 아니라 별도의 집무실이 있던 실장들의 사무실도 집무실의 벽을 헐고 책상을 밖으로 꺼냈다. 직원들과 함께 일하도록 하기 위함이었다.

임원 식당도 폐쇄했다. 임원들도 직원들과 똑같이 구내식당에서 식사를 하자는 생각에서였다. 그도 직접 식판을 들고 직원들과 함께 줄을 서서 배식을 받았다. 그는 외부에 약속이 있더라도 부득의한 경우가 아니면 어김없이 회사로 들어와 구내식당에서 점심을 먹었다.

설립준비단 시절과 마찬가지로 솔선수범하여 매일 아침 7시에 출근해 업무를 시작한 것도 직원들의 변화를 이끌어냈다. 일을 위해서라면 밤샘 근무는 물론 주말까지 헌납하는 일도 마다하지 않았다. 그러다 보니 전체적인 회사 분위기도 아침 7시에 출근하여 늦은 밤에 퇴근하고 주말 없이 '월화수목금금금'으로 일하는 쪽으로 자연스럽게 바뀌어갔다. 이전까지 공기업의 조직문화에 젖어 느슨하게 일했던 직원들에게 이러한 업무환경의 변화는 당혹 그 자체였고 고역이었다.

당시 갑작스러운 변화를 온몸으로 실감했던 LH 장성주 건설

기술부문장의 이야기는 이러한 변화들로 인해 당시 직원들이 얼마나 혼란스럽고 힘들어했는지 잘 알 수 있다.

"매일 아침 7시 30분 회의, 토요일 보고, 일요일 회의……. 입사 후 30년 만에 찾아온 갑작스러운 변화는 정신을 차릴 수 없을 만큼 혼란스러웠습니다. 두 공사가 통합한 뒤 몇 개월이 지났을 무렵에 있었던 일입니다. 어느 때와 다름없이 아침 7시에 회의 자료를 챙기고 있었는데 도중에 확인할 내용이 있어 담당 직원에게 전화를 걸었습니다. 그런데 출근 전이었던 그 직원이 곧 사무실에 도착한다며 저에게 미안해했습니다. 저는 짜증이 나서 그 직원에게 '도대체 지금 몇 시인데 아직도 출근을 안 했어?'라고 소리를 질렀습니다. 이제 겨우 7시였는데 말입니다. 이지송 사장님을 만나기 전만 해도 상상조차 못했던 일이지요."

장성주 부문장은 2009년 10월 1일 이지송 사장이 취임한 이후 7개월 동안 휴일에 딱 두 번을 쉬었다. 한 번은 2010년 1월 1일이었고, 다른 한 번은 그가 세미나에 1박 2일 동안 참석하면서 갖게 된 금쪽같은 휴일이었다. 그야말로 하루하루 쉼 없이 이어진 강행군이었고, 이는 다른 임직원도 마찬가지였다. 그러나 그 누구도 불평불만을 할 수 없었다. 모두 LH의 경영정상화를 위한 일이었고, 이지송 사장이 그 누구보다 열심히 일했기 때문이다. 오죽하면 늘 쉼 없이 몸을 사리지 않고 일에 매진하는 그를 보며 직원들이 이런 웃지 못할 이야기를 할 정도였다.

"연세가 많은 사장님보다 먼저 쓰러지는 건 개죽음이다."

업무 상 그를 가장 가까운 거리에서 지켜보았던 박동선 부장 역시 전날 자정을 넘어 보고받은 업무에 대해 어김없이 다음 날 아침 이런저런 보완사항을 지시하는 그의 모습을 보면서 '도대체 사장님은 하루에 몇 시간을 주무실까?' 하는 의구심을 가진 적이 한두 번이 아니었다. 이렇듯 누구보다 솔선수범하여 혼신을 다해 일하는 그의 모습은 LH의 느슨한 회사 분위기를 업무 중심의 치열한 분위기로 바꾸는 데 견인차 역할을 했다.

청렴하고 투명한 기업만이 생존한다

업무 중심의 회사 분위기를 만드는 것과 함께 그가 LH의 경영정상화를 위해 추진한 핵심 개혁 과제 중 하나는 부정부패 척결을 통해 청렴한 기업문화를 조성하는 것이었다.

이미 오래 전부터 한국은 국제적으로 '부패 공화국'이라는 불명예 꼬리표를 떼지 못하고 있다. 세계의 반부패 운동을 주도하는 비정부단체(NGO) 국제투명성기구(Transparency International, TI)가 발표한 한국의 부패인식지수(CPI)는 1995년 4.29점, 1996년 5.02점, 1997년 4.29점, 1998년 4.2점, 1999년 3.8점이었고, 2000년대 들어서는 2003년 4.3점, 2004년에는 4.5점, 2005년에는 5.0점, 2006년에는 5.1점, 2008년에는 5.5점을 얻어 조사대상국 180개 가운데 39위를 차지했다. 참고로 부패인식지수는 공무원과 정치인 사이에 부패가 어느 정도로 존재하는지에 대한 인식 정도를 말하며, 10점 만점을 기준으로 수치가 낮을수록 부패 정도가 높다는 뜻이다.

우리나라의 정치, 경제, 사회, 문화 수준을 고려한다면 부패인식지수는 70점 이상을 상회해 180개의 조사대상국 가운데 20위권 이내에 들어야 한다. 그러나 한국의 부패인식지수는 OECD 회원국 가운데 바닥이고 후진국인 아프리카의 보츠와나보다 못하다. 이처럼 한국의 부패 정도가 높은 것은 고위 공무원, 정치가 등 사회지도층의 청렴도가 낙제 수준이기 때문이다.

특히 건설과 개발에 관련한 사회지도층의 부정부패는 한국의 부패 정도를 높이는 주요 원인으로 작용하고 있다. 과거 십 년간 국내 부패 사건의 절반 이상이 건설, 개발 쪽과 관련된 것이라고 하니, 우리 사회 부패의 진원지가 건설과 개발분야임을 그 누구도 부인하지 못할 것이다.

건설, 개발과 관련한 사회지도층의 부정부패가 만연한 것은 이와 관련된 공사계약을 따내면 그 업체에 엄청난 이권이 생기기 때문이다. 그러다 보니 관련 업체들이 많은 돈을 들여 정부 관료들이나 정치인들에게 뇌물과 향응, 접대 등을 일삼으며 쉴 새 없이 로비 공세를 펼치는 것이다.

부패인식지수가 뭐 그리 중요할까 싶지만 한국회계학회의 분석결과에 따르면 우리나라의 부패인식지수가 70점대에 진입하게 되면 GDP(국내총생산)가 5천 달러 가량 높아지는 것으로 나타났다. 현대경제연구원도 2011년 5.9점이었던 한국의 부패인식지수가 6.9점만 되었어도 연간 국내 경제성장률이 약 0.65퍼센트 상승했을 것이라고 분석했다.

즉, 부정부패를 척결하여 청렴도와 신뢰도를 회복하는 것은 국가경쟁력을 높이는 길이며, 이는 공공기관, 민간 기업도 마찬가지다. 경쟁력을 강화하기 위해서는 부정부패를 없애 조직의 청렴도를 높여야 한다. 그렇지 않으면 부패가 만연했던 그리스가 결국 국가 파산에 이른 것처럼 공공기관이나 민간 기업 역시 언젠가는 쇠락의 길을 걷게 될 것이다.

이지송은 이러한 사실을 너무도 잘 알고 있었다. 오랜 세월 건설인의 길을 걸으면서 그는 그 누구보다도 부정부패가 일어나는 현장을 많이 목격했고, 그것이 당장은 조직에 이득인 것처럼 보이지만 결국에는 쇠락의 지름길이라는 것을 뼈저리게 깨달았기 때문이다. 무신불입(無信不立), 즉 "믿음 없이는 일어설 수 없다."는 진리를 터득한 것이다. 이러한 이유로 그는 부정부패를 싫어하다 못해 혐오하기까지 했다. 현대건설 국내 영업본부본부장으로 재직할 당시 있었던 일은 그가 얼마나 부정부패를 금기시하고 치를 떨었는지 여실히 보여주는 사례다.

어느 날 그는 한 건설 관련 업체 사장과 술자리를 갖게 되었다. 그런데 그 사장이 사과상자 하나를 들고 오더니 그의 앞에 놓는 것이 아닌가. 청탁을 위한 돈 상자였고, 이를 눈치 챈 그는 한 치의 망설임도 없이 그 자리에서 그 상자를 던져버렸다. 이에 기겁을 한 업체 사장은 여기저기 흩어진 돈을 주워 뒤도 돌아보지 않고 도망쳤고, 두 번 다시 그의 앞에 나타나지 않았다. 이런 일이 심심치 않게 발생하다보니 혹시나 하는 마음에 그는 관련 업체 사람들과 술자리가 끝나면 항상 양복주머니를 샅샅이 뒤졌다. 무신불입의 경영철학을 가진 그에게 비리는 결코 용납할 수 없는 일이었다.

LH에서도 마찬가지였다. 너나 할 것 없이 청렴해야 하지만 특히 공기업은 '청렴이 곧 생존'과 직결되는 만큼 그는 늘 임직원에게 청렴의 중요성을 거듭 강조했다.

"부정부패 문제로 국민의 신뢰를 잃는다면 이 세상에 LH가 설 자리는 없습니다."

특히 부정부패의 유혹에 노출되기 쉬운 임원들에게 "청탁은 하지도 말고 받지도 말며, 사람은 가려서 만나고, 자리를 골라서 앉는 분별력을 가져야 한다."고 당부했다.

2009년 10월 19일, 수많은 직원들이 지켜보는 가운데 거행된 '클린 LH 선포식'은 이처럼 부정부패 척결에 강한 의지를 가지고 있었던 그의 첫 행보였다. 그는 클린 LH 선포식을 LH 출범 후 첫 행사로 계획함으로써 임직원에게 부정부패 척결에 대한 자신의 강한 의지를 보여주었다. 또한 연설을 통해 다시 한 번 자신의 의지를 단호하게 피력함으로써 직원들의 마음 자세를 다잡고 독려했다.

"이제 신뢰는 선택이 아닌 기업 생존의 필수요건입니다. 따라서 윤리경영을 충실히 실천하여 LH를 청렴이 체질화된 공기업,

국민에게 신뢰받는 '청렴 1등 공기업'으로 만듭시다."

선포식 이후 그는 청렴한 기업문화를 조성하기 위한 내부 시스템을 정비해나갔다. 그 하나가 '원 스트라이크 아웃(One-strike Out) 제도'다. 이 제도는 대가성으로 단 돈 십만 원이라도 받은 사실이 적발되면 그것이 처음일지라도 그 이유를 불문하고 곧바로 회사에서 퇴출되는 것이었다. 이를 통해 다시 한 번 그는 부정부패와 비리는 경중을 떠나 그 무엇도 결코 묵인될 수 없다는 것을 직원들의 머릿속에 또렷하게 각인시켰다.

'입찰 클린 심사제도'도 그가 청렴한 기업문화를 조성하기 위해 도입한 대표적인 제도다. 현대건설에 재직할 당시 입찰의 폐해를 여러 차례 목격한 바 있는 그는 입찰 제도를 획기적으로 개혁해 입찰 시 만연한 부정과 비리, 잡음을 제거하고자 했다. 그 노력의 일환으로 도입한 것이 바로 입찰 클린 심사제도였다.

기술력 중심의 공정한 입찰 질서 확립을 위해 마련된 이 제도로 인해 입찰 심사위원을 선정하는 일부터 매우 까다롭게 이루어졌다. 무려 3단계에 이르는 검증 절차를 통과해야만 입찰 심사위원이 될 수 있었던 것이다.

우선 1단계로 심사 부서에서 심사위원들을 1차로 선정하면, 2단계에서는 인사·감사 부서가 이들의 전문성과 청렴도를 검증하고, 3단계에서는 입찰에 참가하는 업체들이 참석한 가운데 최종 심사위원을 선정했다. LH가 공정한 입찰을 위해 입찰에 참가하는 업체들에게도 심사위원을 검증할 수 있는 기회를 제공한 것이다.

최종 낙점된 입찰 심사위원은 입찰 심사 3~7일 전에 LH 홈페이지, 일간신문을 통해 공개됐다. 아울러 심사위원 선정방법, 심사진행 절차, 심사방법 등도 함께 공개됐다. 그래야 특정 업체를 밀어주는 심사위원의 부정행위가 어려워지고 입찰 참가 업체들 간의 공정한 입찰이 이루어질 수 있었기 때문이다.

입찰 심사 당일에도 심사위원들의 부정행위를 막기 위해 '특별 참관단'이 참석한 가운데 전 심사과정이 비공개가 아닌 CCTV로 생중계되었다. 입찰에 참여한 모든 업체가 심사과정을 지켜보게 함으로써 입찰의 공정성을 높이기 위한 LH의 조치였다. 뿐만 아니라 LH는 입찰 심사위원들에 대한 청렴 교육에도 힘썼다. 이지송 사장이 직접 이 교육에 나설 정도였으니, 그가 LH의 청렴한 기업문화 조성을 위해 얼마나 많은 노력을 기울였는지 짐작할 수 있다.

이외에도 그는 현대판 암행어사 제도라고 할 수 있는 '특별감찰단'과 '감찰 분소'를 전국에 설치하여 지역의 토착 비리 차단에 힘썼고, 직원들에게 술이나 골프 접대 등을 금지시켜 만약 이를 어겼을 경우 엄중 처벌하겠다고 엄포를 놓았다.

그 일환으로 그는 솔선수범하여 골프를 끊었다. 그는 출중한 실력을 자랑하는 골프마니아였지만 본보기로 자신이 먼저 골프를 끊음으로써 직원들에게 LH를 반드시 청렴하고 투명한 공기업으로 만들겠다는 자신의 의지를 또 한 번 강하게 피력했다.

이러한 노력으로 LH는 2011년 국민권익위원회가 실시하는 공공기관 청렴도 조사에서 우수기관에 선정되었고, 173개 공공기관을 대상으로 실시하는 공기업 고객만족도 조사에서 출범 이후 3년 연속 우수기관으로 선정되는 쾌거를 이루었다. 이 모든 결실은 그가 '업무 중심', '고객 중심', '청렴 경영'을 강조하며 조직 전반에 걸쳐 총체적이고 근본적인 변화와 혁신을 꾀했기에 가능한 일이었다.

영국의 역사가이자 문학비평가인 토인비(Arnold Joseph Toynbee, 1889~1975)는 조직을 위태롭게 하는 도전을 크게 세 가지로 분류했다. 첫째는 '자연환경으로부터의 도전'이고 둘째는 '외부세력으로부터 도전'이며, 마지막 셋째는 '조직 내부로부터의 도전'이다. 토인비는 이 가운데 조직의 지도자가 가장 두려워해야 할 것으로 조직 내부로부터의 도전을 꼽았다. 본디 인간은 타락하기 쉽고 유혹에 넘어가기 쉽기 때문이다. 토인비는 이러한 인간의 본성이 사라지지 않는 한 지도자는 조직 내부로부터의 도전을 가장 경계하고 단호하게 다뤄야 한다고 강조했다. 그렇지 않으면 조직의 붕괴를 막기 어렵다는 것이 토인비의 주장이다.

생각해보라. 조직 내부로부터의 도전에 쇠락하고 몰락한 제국과 국가들이 얼마나 많은가. 로마제국이 그러했고, 아르헨티나와 그리스가 그러했다. 이들 제국과 국가들은 모두 외부세력의 공격에 쓰러진 것이 아니라 내부 조직이 분열하고 부패하여 몰락의 길을 걸어야 했다. 이러한 이유로 로마제국의 제16대 황제이자 동시에 스토아 철학자였던 마르쿠스 아우렐리우스(Marcus Aurelius Antoninus)는 자신이 쓴 《명상록》에서 지도자가 갖춰야 할 네 가지 덕목 중의 하나로 '정의감'을 꼽았다. 여기서 정의감이란 옳고 그른 것 중 옳은 것은 택하고 그른 것은 단칼에 잘라내는 도덕적 판단력과 실천력을 의미한다. 마르쿠스 아우렐리우스는 조직의 지도자가 이러한 정의감을 가져야 조직이 분열하거나 부패하지 않고 바로 설 수 있다고 보았다.

이지송은 정의감을 가진 리더였다. 덕분에 과거 부정부패로 질타를 받던 주택공사와 토지공사가 LH로 통합된 이후 그 신뢰도를 점점 회복해 2011년 공공기관 청렴도 조사에서 우수기관에 선정되는 결실을 맺을 수 있었던 것이다.

물론 지금까지도 LH는 부정부패의 늪에서 완전히 헤어나지 못하고 있다. 인간의 물욕이 어디 끝이 있으랴. 그러나 과거보다는 현저히 비리 사건이 줄어들어 땅 장사, 집 장사라는 부정적인 이미지가 강했던 LH의 신뢰도가 조금씩 회복되고 있다.

LH는 오늘도 그가 기틀을 다진 개혁 시스템으로 '신(神)의 직장'이 아닌 '신(信)의 직장'으로 한 걸음 한 걸음 나아가고 있다.

한 지붕 한 가족, 서로의 벽을 허물다

뜻이 있기에 마침내 이룬다

2010년 1월 1일. LH 사장 취임 후 처음으로 맞이한 새해 아침이었다. 이지송은 등산복을 입고 집을 나섰다. 예전 같으면 집에서 가족과 떡국을 먹은 뒤 제자나 후배들에게 문안인사를 받거나 평소 존경하던 선배들을 찾아가 세배를 드리고 덕담을 주고받아야 할 날이었지만 이번 새해는 달랐다. 출범하자마자 생존의 위기에 처한 LH를 구하기 위해 그는 한시도 쉴 수 없었다. 그가 2010년 새해 아침에 과거와 다른 행보를 보였던 것도 모두 LH를 위해서였다.

등산복을 입고 그가 향한 곳은 다름 아닌 LH 본사. 그곳에는 이미 출근한 몇몇 임원들이 그를 기다리고 있었다. 그 뒤로 임원들이 속속 도착해 80여 명에 이르렀고, 그들은 모두 사장 이지송을 따라 본사 뒤편에 위치한 불곡산을 오르기 시작했다. 매서운 바람에 코끝이 시리고 숨이 가빴지만 그와 80여 명의 임원들은 묵묵히 발걸음을 재촉했다.

그렇게 얼마나 시간이 흘렀을까. 어느새 등에서 땀이 흐르고, 매서운 바람이 시원하게 느껴졌다. 그리고 얼마 지나지 않아 고개를 드니 불곡산 정상이 보였다.

불곡산 정상에 오른 그는 임원들에게 2010년 화두를 던졌다.

"유지경성(有志竟成)!"

"뜻이 있기에 마침내 이룬다."는 의미였다. 2010년은 LH 출범 후 새로 맞이하는 첫해인 만큼 그는 산적해 있는 난제들을 불굴의 의지로 극복하여 LH를 국민의 사랑과 신뢰를 받는 공기업으로 만들자는 의미에서 이러한 화두를 던진 것이다. 그는 지금의 LH는 생존을 위협하는 수많은 난제에 둘러싸여 위기에 처해 있지만 목표를 세우고 혼신의 노력을 다하면 반드시 이 위기에서 벗어날 수 있다고 생각했다. 즉, 그가 2010년 화두로 던진 '유지경성'은 목표를 향한 최선의 노력으로 기필코 위기에 처한 LH를 구하고야 말겠다는 이지송 본인의 의지를 담은 표현이기도 했다.

새해 아침 등산으로 LH의 경영정상화에 대한 의지를 다진 그는 1월 8일, 평소와 달리 회사로 출근하지 않고 곧바로 병원으로 향했다. 이날은 그가 LH 사장으로 취임한 지 100일째 되는 날이었다. 직원들은 이른 아침부터 이를 기념하기 위해 조촐한 자리를 마련했다. 출범준비 때부터 가장 선두에서 자신들을 힘차게 이끌어준 사장님께 조금이라도 보답하려는 직원들의 세심한 배려였다.

그러나 아무리 기다려도 그 자리의 주인공인 이지송은 오지 않았고, 그렇게 취임 100일 행사는 조용하게 지나갔다.

이날 그가 병원을 찾았던 것은 건강검진을 받기 위해서였다. 사장 내정자 시절부터 매일 이른 아침부터 늦은 밤까지 강행군을 이어나갈 정도로 강철 체력의 소유자였지만 불곡산에서 던진 유지경성의 화두대로 앞으로 뜻을 이루려면 가야할 길이 멀고 험난해 마음의 각오를 더욱 굳게 다질 필요를 느꼈기 때문이다. 무엇보다 이 길을 가려면 건강이 뒷받침되어야 한다는 생각에 그는 건강검진부터 받고자 병원을 찾은 것이었다.

국정감사보다 중요했던 조직 융합

당시 LH는 인큐베이터에 있는 아기처럼 '성장'이 아닌 '생존'을 걱정해야 하는 상황이었다. 이 위기를 벗어나기 위해서는 특단의 대책이 필요했고, 이지송은 고심 끝에 이러한 경영위기를 탈출하기 위한 방안을 임직원에게 제시했다. '경영정상화 6단계'가 바로 그것이었다.

경영정상화 6단계는 그가 2010년 화두로 던진 유지경성(有志竟成)에서 지(志), 즉 '뜻'이었다. 뜻이 없이는 전심전력으로 달릴 수 없고, 전심전력을 다해 달리지 않고서는 경영정상화를 이루는 것이 불가능했기 때문에 그는 먼저 뜻, 즉 달성해야 할 목표를 세운 것이다.

경영정상화 6단계의 주요 내용은 이러했다.

1단계: 조직의 물리적·화학적 융합

2단계: 유동성 위기 극복

3단계: 자구책 마련

4단계: 정부지원 방안 도출

5단계: 임대주택의 구조적 부채 문제 해결

6단계: 투자와 회수가 함께하는 선순환 사업구조 확립

그가 경영정상화 6단계에서 첫 번째 단계를 조직의 물리적·화학적 융합으로 정한 것은 조직이 온전히 하나 되지 않고서는 모든 것은 무용지물이라고 보았기 때문이다. 한 배를 탄 사람들이 각자 다른 방향으로 노를 젓는데 목적지가 어디인지 안다고 한들 그곳에 도달할 수 있겠는가. 제자리에서 하염없이 맴돌다 결국 지치고 힘들어 망망대해에서 표류하다 모두 죽고 말 것이다. 가정이든 기업이든 국가든 잘되려면 구성원 간의 화합과 융합이 무엇보다 중요하다.

LH는 서로 다른 기업문화 속에서 오랜 세월 개발 경쟁을 펼치던 두 회사가 합쳐진 기업인 만큼 조직 융합의 필요성은 더더욱 컸기에 이지송은 LH의 경영정상화를 위해 조직 융합이 가장 시급한 일이라고 판단했다. 2009년 11월 9일, 그는 조직 융합 담화문을 통해 임직원에게 이와 같은 강력한 메시지를 전달했다.

"한 배를 타고도 같은 방향으로 노를 젓지 않으려면 배에서 당장 내려라."

그가 말하는 융합은 단순히 두 개의 조직을 하나로 합치는 '물리적 융합'이 아니었다. 구성원 각자가 뼛속까지 '우리는 하나'라는 일체감을 갖는 '화학적 융합'을 의미했다. 그러나 오랜 세월 이질적인 기업문화 속에서 치열한 경쟁을 펼치며 갈등하던 두 조직의 화학적 융합을 이루는 일은 결코 만만치 않았다.

이지송은 LH 사장으로 임명된 순간부터 두 조직의 화학적 융합에 힘썼다. 사장 내정자 신분으로 설립준비단 사무실에 첫 출근을 했을 때 그는 사무실에 설치되어 있던 칸막이를 모두 없애라고 지시했다. 또한 모든 직원들이 마주보고 일할 수 있도록 책상을 재배치하여 두 조직에서 차출된 직원들이 격의 없이 소통하며 두 회사를 하나의 회사로 만드는 작업을 원활하게 수행할 수 있도록 했다.

출범식에서는 직원들에게 "사장도 직원도 모두 LH의 신입사원일 뿐이다."라고 강조하며 두 공사의 노조위원장을 단상 위로 불러 손을 맞잡고 "우리는 하나!"라고 외치는 깜짝 이벤트를 연출하기도 했다.

사옥을 결정하는 과정에서도 두 조직이 서로 섭섭하지 않도록 양쪽의 입장을 최대한 배려했다. 실질적인 본사는 경기도 성남시 분당구 정자동에 위치한 옛 토지공사 사옥으로 하고, 등기상의 본사는 경기도 성남시 분당구 구미동에 위치한 옛 주택공사 사옥으로 했다. 그러나 훗날 두 공사의 화학적 융합과 재무구조 개선을 위해 둘로 나뉘었던 본사가 정자동 옛 토지공사 사옥으로 일원화됨으로써 LH는 조직 융합이 더욱 용이해졌을 뿐만 아니라 업무 효율도 향상되고 구미동 사옥 매각도 쉬워져 재무구조 개선 작업에도 탄력을 받게 되었다.

2009년 10월 20일부터 시행한 '임직원 한마음 교육'도 그가 두 조직의 화학적 융합을 위해 야심차게 준비한 조직 융합 전략이었다.

전 직원을 대상으로 8개월 동안 실시된 이 교육은 LH가 하나의 조직으로 변신하는 데 지대한 영향을 미쳤다. 부서별 워크숍, 직급 간 연수원 합숙 등 다양한 직원 융화 프로그램도 두 조직 간의 서먹함을 없애는 데 크게 기여했고, 2009년 10월 25일에 거행된 '새 가족 어울림 한마당(부제: 아빠 회사로 소풍가는 날)'도 두 조직의 이질적인 기업문화와 서로의 벽을 허무는 데 많은 도움이 되었다.

새 가족 어울림 한마당은 말 그대로 이제 한 지붕 아래 살게 된 두 공사의 구성원들이 모두 한 가족임을 가슴 깊이 인지하고 진정한 화합을 위해 함께 노력하자는 의지를 다지고자 개최된 행사였다. 따라서 직원을 포함한 그 가족이 대거 참석했는데, 그 숫자가 무려 1,500여 명에 이르렀다. 참석자들은 집에서 준비해온 음식을 함께 나누어 먹고 즐거운 하루를 보내면서 마음의 거리를 조금씩 좁혀 갔다.

특히 이날은 이지송의 아내도 함께 참석해 직원들과 격의 없이 어울림으로써 행사의 의미를 더욱 빛나게 했다. 그런데 그가 이 행사의 개최를 지시했을 때 많은 직원이 의아하게 생각했다. '공기업 경영의 한 해 농사'라고 할 수 있는 정기 국정감사를 목전에 둔 상황이었기 때문이다. 국정감사를 준비하는 데 총력을 기울여도 모자란 마당에 갑자기 조직 융합을 위한 행사를 하자고 하니, 직원들 입장에서 이해가 가지 않을 만도 했다.

더구나 LH 사장이 된 후 그가 맞는 첫 국정감사가 아닌가. 따라서 당시 상황에서는 CEO로서 감사에 만전을 기하라는 지시를 해야 마땅했다. 그러나 그는 조직 융합을 위한 행사를 지시함으로써 직원들에게 그가 가장 우선시하는 것이 무엇인지 짐작하게 했다.

당시 LH 김용태 경영혁신단장의 얘기다.

"저는 조직 융합을 전담하는 부서의 책임자였던 만큼 조직 융합에 대한 관심과 책임이 남다를 수밖에 없었습니다. LH는 출범 당시 굵직한 현안이 산처럼 쌓여 있어서 이러한 상황에 사장님께서 조직 융합에 얼마나 관심을 가지고 계실지 궁금했습니다. 그러나 이 궁금증은 얼마 지나지 않아 말끔히 해소되었습니다. 정기 국정감사를 코앞에 두고 사장님께서 직원 융합을 위한 자리를 마련하라는 지시를 하셨기 때문입니다. 이를 통해 사장님께서는 국정감사 만큼 직원 융합과 직원들의 사기 진작을 중요하게 생각하신다는 것을 알았습니다. 아니 그 이상의 가치가 있다고 생각하셨던 것이죠."

국정감사보다 조직 융합을 더 우선시했던 그는 구성원들 간에 보이지 않는 마음의 벽을 허물기 위해 대대적인 조직, 인사 개편도 서슴지 않았다. 그는 취임 초부터 파격적인 조직, 인사 개편을 단행해 출신에 관계없이 두 공사의 직원들을 서로 혼합 배치시켰다. 아주 특별한 경우를 제외하고는 그 어떤 부서도, 그 어떤 직위도 예외는 없었다. 덕분에 전반적인 회사 분위기가 점점 주택공사, 토지공사의 구분이 사라지고 하나의 LH가 되어갔다.

그러나 LH 내부의 벽을 허무는 데 가장 효과적이었던 융합 전략은 바로 사장, 이지송이었다. 그는 사장실에 앉아 직원들이 찾아오기를 기다리는 대신 먼저 직원들에게 스스럼없이 다가가 격의 없이 소통함으로써 두 조직이 화학적으로 융합하는 데 절대적인 영향을 미쳤다. 본인 스스로 LH 사장이 된 후 3,500여 명의 직원들과 악수를 했다고 얘기할 정도였으니, 그가 얼마나 직원 한 사람 한 사람과 소통하기 위해 혼신의 노력을 다했는지 짐작할 수 있다. 그의 이러한 노력은 CEO와 직원 간의 벽뿐만 아니라 직원과 직원 사이의 벽을 허무는 데도 크게 일조했다.

그러나 구성원들을 가족처럼 아끼고 소통하는 그였지만 위기에 처한 조직을 이끄는 수장인 만큼 업무에 관해서는 냉정하리만큼 단호했다. 그는 직급고하를 막론하고 일을 잘못했을 때는 호되게 질책했다. 어찌나 그 질책이 매섭던지 오두진 이사는 회의나 업무보고에서 그에게 질책을 받을 때마다 마치 부모에게 따끔한 회초리를 맞는 것 같았다고 했다. 그러나 아이러니하게도 그 회초리를 맞은 후에는 그저 아프고 서운하기만 한 것이 아니라 뿌옇던 머릿속이 깨끗해지는 것을 느꼈다고 한다.

"이지송 사장님께 질타를 받을 때는 그 자리가 불편하다 못해 심지어 고통스럽기까지 했습니다. 따끔한 회초리를 맞는 기분이었지요. 그러나 아이러니하게도 그 후에 느끼는 감정은 개운함 같은 것이었습니다. 사장님은 회초리만 드는, 질타만 하는 CEO가 아니라 분명하지 못한 것을 분명하게 해주고, 어려운 문제에 대한 해법의 실마리를 던져주셨습니다. 갈림길에서 방향을 제시하는 참된 리더십을 가진 분이셨지요."

그의 질책은 직원들이 일을 제대로 추진하는 데 있어 방향키 역할을 한 것이었다. 강인한 리더로서의 그가 결코 편하지는 않았지만 직원들은 그 강인한 리더십이 위기의 LH를 구하는 데 결정적인 역할을 하고 있음을 인정하지 않을 수 없었다.

현대 경영학의 창시자이자 작가인 피터 드러커(Peter Ferdinand Drucker, 1909~2005)는 한 칼럼에서 "정보화 시대의 대기업은 전형적인 제조기업보다는 병원, 대학교, 심포니 오케스트라와 같은 수평적 조직을 닮을 것이다."라고 전망했다. 즉, 위에서 아래로 일방적으로 흐르는 명령과 지시를 따르는 폐쇄적이고 권위적인 조직보다는 수평적으로 자유롭게 쌍방향 소통이 이루어지는 조직이 미래에 대세를 이룰 것이라는 예측이었다. 실제로 시간이 갈수록 점점 권위와 위계질서를 강조하는 조직은 생존할 수 없는 환경으로 변화하고 있고, 구성원들과 소통하는 능력은 리더가 반드시 갖춰야할 덕목이 되었다.

그러나 도를 넘어선 소통은 오히려 독이 된다. 리더와 구성원들이 과도하게 친해지면 구성원들이 해이해지고 리더가 통제력을 상실하기 때문이다. 따라서 뛰어난 리더는 구성원들과 자유롭게 소통하면서 중요한 순간에는 단호하게 일을 추진하고 결정하는 통제력을 가져야 한다. 그래야 구성원들이 창의성을 잃지 않으면서 자신의 일에 최선을 다할 수 있다.

LH 임직원에게 그의 모습은 자율과 통제를 통해 이상적으로 조직을 운영하는 그런 리더였다. 평소 그들은 미풍처럼 자신들을 부드럽게 어루만지는 그에게 따뜻함과 친밀함을 느꼈지만 일을 추진하며 자신들을 매서운 폭풍처럼 몰아칠 때는 그 누구보다도 어렵고 두렵게 느꼈다. 부드러움과 강함, 따뜻함과 차가움이 공존하는 그의 리더십은 LH 직원들이 자유로운 분위기 속에서 자신의 일에 혼신을 다하는 동력이 되었다.

이지송식 개혁, 뼛속까지 변해야 산다

대패질 잘하는 경영의 목수

이지송이 LH의 경영정상화를 위해 조직의 물리적·화학적 융합에 이어 가장 시급하다고 판단한 일은 당면한 유동성 위기를 극복하는 것이었다. 아이러니하게도 LH는 태어남과 동시에 주어진 과제가 '생존'이었고, 이러한 안타까운 현실이 벌어지기까지 결정적인 역할을 한 것이 바로 유동성 위기였다.

출범 당시 LH는 부채 규모가 무려 108조 원에 이르렀다. 이 가운데 이자를 부담해야 하는 금융부채가 72조 원으로, 하루 이

자만 100억 원, 1년으로 계산하면 3조 원이 넘는 돈을 이자로 지불해야 했다. 이 금액은 과학벨트 건설비와 맞먹는 것으로, 당시 LH는 매년 과학벨트 건설비를 이자로 날려버리는 말 그대로 '부채 공룡'이었다. 그러다 보니 그는 사장으로 임명된 순간부터 이 문제로 하루도 편히 잠을 이루지 못했다.

사장이 되고 난 후 그의 고민은 더욱 깊어졌는데 밖에서 볼 때와 달리 안에 들어와 자세히 들여다보니 예상했던 것보다 훨씬 더 해결해야 할 문제가 많고 문제의 심각성 또한 매우 높았기 때문이다. 그로 인한 충격과 고민이 얼마나 컸던지 3년 동안 끊었던 담배를 다시 피울 정도였다.

> "부채가 많다는 것은 알고 있었지만 이 정도일 줄은 몰랐습니다. 뚜껑을 열어보고 깜짝 놀랐지요."

LH가 거대한 부채 공룡이 된 이유는 수익성보다는 공익성에 중점을 두고 정부의 국책사업을 시행해야 하는 공기업이라는 점을 빼놓을 수 없을 것이다. 하지만 대량의 토지와 주택을 공급해야 하는 시대적 요구에 의해 설립된 기업이 토지와 주택을 많이 필요로 하지 않는 시대를 맞이하면서 그로 인한 폐단으로 재무역량 범위를 넘어선 사업을 무리하게 추진한 것 또한 무시

할 수 없는 이유였다. 이 두 가지 원인이 결정적인 역할을 하면서 LH는 천문학적인 규모의 빚을 진 공기업이 된 것이다.

졸지에 100조 원이 넘는 부채 공룡을 상대하게 된 이지송은 그야말로 눈앞이 캄캄했다. 그 규모가 너무 비현실적으로 크다 보니 처음에는 어디서부터 손을 대야 할지 감조차 오지 않았다. 그러나 그는 특유의 추진력과 결단력으로 이 부채 공룡을 조금씩 무너뜨리기 시작했다.

그가 어떠한 역경 속에서도 강력한 추진력과 결단력으로 일을 추진할 수 있었던 것은 '아무리 복잡한 문제와 상황도 간단명료하게 정리하는 힘'을 갖고 있었기 때문이다. 짐작하건데 그 힘의 원천은 군더더기 없고 솔직한 그의 성격과 무관하지 않다고 본다. 평소 그는 거추장스러운 것을 싫어하고 놀라울 만큼 솔직했다. 그러다 보니 매사에 형식, 과정, 절차 등에 얽매이지 않았고, 늘 가감 없이 솔직하게 자신을 드러냈다.

그 예로 어느 날 LH 직원들과 함께하는 자리가 있었는데, 사회자가 지나치게 격식을 따지자 그는 단번에 "사회자가 너무 격식을 따지니까 편하게 이야기할 분위기가 안 된다."고 말했다. 또한 형식, 과정, 고정관념 등에 얽매여 좀처럼 일을 진척시키지 못하는 직원들을 향해 늘 "100미터 달리기를 하는데 웬 한복이냐?"며 질책했다.

거추장스러운 것을 싫어하고 이를 최대한 배제하려는 그의 성격은 복잡한 문제와 상황을 간단명료하게 정리하는 힘으로 이어졌고, 그 힘은 판에 박힌 틀이나 절차 등에 구애받지 않고 오로지 일을 향해 매진하는 그의 강력한 추진력과 판단력의 근간이 되었으리라 짐작된다.

전 LH 박헌석 주택사업이사는 이지송의 고희기념 문집《꿈 너머 꿈을 꾸다》에서 그를 대패질 잘하는 목수에 비유했다.

"이지송 사장님은 매사에 군더더기가 없는 분이셨습니다. 그래서인지 사장님을 볼때마다 대패질 잘하는 목수가 떠오르곤 했지요. 거친 나뭇결을 대패로 쓱쓱 밀어 깔끔하게 만드는 목수처럼 사장님은 아무리 복잡하고 어려운 문제에 대해서도 분명한 결론과 결단을 내리셨습니다. 사장님은 복잡한 문제와 상황을 간단명료하게 정리하는 뛰어난 리더의 자질을 갖고 계셨습니다."

LH는 아무리 복잡한 문제나 상황 앞에서도 신속하고 분명하게 결단을 내리는 대패질 잘하는 경영의 목수, 이지송이 있었기에 심각한 유동성 위기를 극복하고 지금까지 영속할 수 있게 된 것이다.

비상경영 선포로 위기를 넘기다

사장 취임 후 예상보다 큰 부채 규모에 아연실색했던 그는 이내 정신을 차리고 재무안정을 위한 행보를 시작했다. 그 첫 행보는 금융, 재정, 회계, 부동산 전문가들로 구성된 '재무개선 특별위원회'를 꾸리는 것이었다. "상대와 나를 알면 백번을 싸워도 위태롭지 않다."는 말이 있듯, 그는 LH의 빚에 대해 속속들이 알아야 이를 해결할 수 있는 방법을 찾을 수 있다고 생각했다. 이에 2010년 5월, 재무개선 특별위원회를 발족시키고 부채의 원인과 내용을 객관적으로 낱낱이 분석했다.

그리고 이를 토대로 재무안정 대책을 위한 큰 그림을 그린 후 대내외적으로 '비상경영'을 선포했다. 재무안정을 이루기 위한 LH의 피나는 자구노력이 시작된 것이다.

2010년 8월 16일, 정자동 본사 대강당에서 열린 비상경영 선포식에는 노사가 함께했다. 회사를 살리는 데 노사가 따로 있을 수 없다는 그의 요구에 노조 측이 흔쾌히 화답한 것이었다. 이 자리에서 그는 "출범일은 LH의 새 깃발을 올리는 상징적인 날이었다면 오늘은 과거의 비효율적인 경영실태를 바로잡아 희망찬 미래로 환골탈태하기 위해 모두의 힘과 의지를 모으는 날입니다."라고 말하며 너나 할 것 없이 전 직원이 비상경영에 동참해줄 것을 호소했다.

비상경영을 선포한 그는 '사명만 빼고 다 바꾼다.'는 기치 아래 조직, 인사, 재무, 기업문화 등 경영 전반에 걸쳐 뿌리부터 바꾸는 대대적인 개혁을 단행했다. 비상경영대책위원회를 구성해 긴급 사안이 있는 경우뿐만 아니라 수시로 회의를 열어 시시각각 달라지는 경영 상황을 파악하는 한편, 그와 함께 전 직원이 주말과 휴일을 반납하고 '월화수목금금금'의 생활을 했다.

그리고 출범 직후부터 이미 회사의 경영정상화를 위해 임금의 일부를 반납해오던 사장, 임원들과 마찬가지로 직원들도 비상경영 선포 후 임금의 10퍼센트를 반납하기로 결의했다. 복지후생의 혜택 또한 대거 양보했다.

그는 재무안정을 위해 전 직원이 회사 소유의 주택과 토지를 한 사람당 한 건씩 매각하는 '1인 1자산 판매운동'도 활발하게 펼쳤다. 이 운동을 전개한 목적은 회사 소유의 부동산을 팔아 재무안정을 꾀하기 위함도 있었지만 그보다는 회사가 어려운 만큼 직원들 모두가 한마음 한뜻으로 경영위기를 극복하기 위한 노력에 동참하자는 것에 의의가 있었다. 이 뜻에 적극 동참한 직원들은 '팔아야 산다.'는 절박한 심정으로 집 한 채, 땅 한

필지라도 더 팔기 위해 노력했다.

이지송 역시 "판매만이 살 길이라는 결연한 의지와 기필코 판다는 필사의 각오가 있다면 아무리 냉엄한 현실이라도 얼마든지 헤쳐 나갈 수 있다."는 말로 직원들에게 힘을 실어주었고, 서울, 인천, 경기 등 전국에 걸쳐 10여 개에 이르는 중복 사옥도 매각하기 위해 시장에 내놓았다.

다음으로 그는 유동성 위기를 극복하기 위해 촉박한 통합 일정으로 엉성하게 합쳐진 조직을 몸에 맞게 슬림화하는 일에 돌입했다. 작지만 효율적으로 일하는 조직으로 거듭나기 위해 대대적인 조직개편을 단행한 것인데, 그 일환으로 유사한 업무를 하는 부서를 과감하게 통폐합하여 조직을 대폭 축소했다. 또한 업무 수행 체계를 1급 조직인 '처 · 실' 중심에서 2급 조직인 '부' 중심으로 강화했고, '생산성 높은 현장 중심 조직'으로의 전환을 목표로 지역본부를 152개에서 58개로 줄이고, 현장 개발 사업단을 37개에서 62개로 대폭 확대했다.

그리고 확대된 현장 개발 사업단에 LH 전체 인력의 57퍼센트인 3,750명을 전진 배치시켜 업무의 중심을 본사 · 지역본부에서 현장으로 이동시켰다. 뿐만 아니라 현장에서 보상, 개발, 건축, 판매, 사후관리 등 사업 전 과정을 일괄 수행하도록 하여 책임경영을 강화했다.

'개혁'을 넘어 '파격'에 가까운 인사개편도 단행했다. 인사개편은 조직의 군살을 빼기 위한 목적도 컸지만 철저하게 능력위주의 인재를 대거 기용해 위기에 빠진 LH에 새로운 동력을 마련하기 위한 목적이 더 컸다. 그는 훌륭한 인재만이 위기에 빠진 LH에 변화와 혁신을 가져올 진원지이자 미래의 성장 동력이 될 것이라 여겼던 것이다. 따라서 그 중요성을 인식한 만큼 인사개편에 혼신을 다했다.

유동성 위기로 존폐의 기로에 선 LH를 반석 위에 세우려면 과거처럼 지연, 학연 등을 따지는 코드 인사, 그 누구와도 상의하지 않는 밀실 인사, 청탁에 의한 낙하산 인사 등은 철저하게 배제되고 혁신적이고 공정하며 투명한 인사가 이루어져야 했다. 이에 그는 오직 능력위주의 우수한 인재를 발탁하고 그 과정이 불공정하거나 불투명한 인사개편을 하지 않기 위해 네 가지 인사 원칙을 제시했다. 그 원칙은 다음과 같다.

첫째, 연공서열을 타파하고 능력위주의 우수한 인재를 발탁하는 '혁신 인사'
둘째, 출신 · 지역 · 직렬 간의 '균형 인사'
셋째, 공정한 심사기준 및 절차를 통한 '공정 인사'
넷째, 심사의 전 과정을 투명하게 공개하는 '투명 인사'

그리고 이 네 가지 인사 원칙을 기반으로 무려 7단계에 이르는 인사검증 시스템을 가동했다. 우선 1단계에서 비리 연루자, 징계자 등 승진대상 부적격자를 심사에서 제외시키고, 2단계에서 임용 예정 인원의 5배수를 추천한 다음 3단계에서 다시 부적격자를 검증했다. 이어 4단계에서는 임용 예정 인원의 3배수로 압축한 뒤, 5단계에서 전국 모든 지역본부장, 사업본부장이 참석한 가운데 이들의 의견을 수렴해 6단계에서 임용 예정 인원의 2배수를 선정했다. 그리고 마지막 7단계에서 비로소 인사 대상자를 선정하는 방식이었다.

그 결과, LH는 공기업에 만연한 연공서열을 파괴한 혁신적인 세대교체가 이루어졌다. 2009년 출범 후 첫 정기 인사에서는 1급 부서장 직위 가운데 1/3에 해당하는 25개 직위에 업무능력과 리더십을 갖춘 2급 팀장을 파격적으로 기용했고, 2010년 출범 후 두 번째 정기 인사에서는 '인사 태풍'이라고 해도 과언이 아닐 만큼 개혁의 강도가 더해져 파격적인 1급 인사를 단행했다. 여기서 멈추지 않고 그로부터 12일 만에 팀장급 75퍼센트에 달하는 332개 직위의 팀장과 사업단장을 모두 교체하는 대대적인 물갈이 인사가 이루어졌다. 이때 그는 한 언론과의 인터뷰에서 혁신적이고 공정한 인사를 위해 얼마나 심혈을 기울였는지 토로했다.

"외부 인사 청탁이 많았습니다. 그러나 다 뿌리쳤습니다. 힘든 일이었지만 파격적이고 공정한 인사개혁만이 LH를 살리는 길이었기에 밀고 나갔지요. 이번 인사는 기력이 소진할 정도로 공을 들인 저의 역작입니다."

이때 이루어진 인사는 평소 LH 직원들에게 "며느리가 일하느라 부엌에서 그릇을 깨뜨리는 것은 용서할 수 있어도 그릇을 깰까봐 두려워 방 안에서 놀고 있는 것은 절대 용서할 수 없다."고 거듭 강조하며 모든 것을 철저하게 배제하고 능력 있는 인재만을 기용하겠다는 그의 의지가 전격 반영된 것이라고 할 수 있다.

매번 LH는 인사개편이 있을 때마다 그 강도가 파격적이었기 때문에 늘 수많은 언론의 주목을 받았다. 그 골자는 언제나 "이지송식 인사를 보고 배우라."는 것이었다. 특히 언론들은 비효율과 방만 경영으로 대변되는 공기업들이 이지송식 인사를 본보기로 삼아 혁신적인 인사를 단행해 조직의 선진화, 효율화를 이루어야 한다고 강조했다.

자구노력의 일환으로 사업 시스템도 하나부터 열까지 모두 바꾸었다. 바르지 못한 사업 관행과 방식은 모두 버리고 생산성을 향상시키는 방향으로 사업구조를 전환했다. 또한 LH 사업비 증가의 주된 원인을 잘못된 보상 관행으로 보고 수십 년 동안 관행처럼 굳어진 보상제도에도 과감히 손을 댔다.

당시 LH는 관행처럼 보상비를 과다하게 지급해 사업비가 크게 상승했고, 이로 인해 LH 아파트 가격과 인근지역 땅값이 올라가는 폐단까지 낳고 있었다. 이에 그는 우리나라 최대의 보상 전문기관인 LH의 위상을 높이고 비효율적인 사업비 지출을 막기 위해 모든 임직원에게 "보상은 더도 말고 덜도 말고 한가위처럼."이라고 강조하며 더 주지도, 덜 주지도 않는 적정 보상이 이루어지도록 노력했다.

업무수행 방식 또한 사업의 책임성과 생산성을 높일 수 있도록 '자기완결형 구조'로 바꿨고, 사업 관리체계도 과거 '주인 없는 사업'의 폐해를 막기 위해 프로젝트별로 총괄 책임자를 지정하는 '사업실명제'를 처음 도입했다.

한편, 당시 LH 경영 전반에 걸쳐 이루어진 변화와 개혁의 세부적인 내용들은 아주 사소한 것까지도 1,700여 페이지에 이르는 방대한 백서에 담겼다. 그리고 이를 압축하여 110개의 구체적인 실천 방안이 담긴 'LH 경영정상화 방안'을 만들어 2010년 12월 29일, 새해를 앞두고 국민 앞에 발표했다. 이는 LH가 좌표로 삼고 앞으로 나아가야 할 근간이자 기틀이 되는 방안이었다.

LH는 이지송의 진두지휘 아래 그야말로 뼛속까지 변했다. 이러한 모든 변화와 개혁을 감당해야만 했던 임직원의 고통이 만만치 않았다. 그럼에도 그가 변화와 혁신을 단행한 이유는 LH 스스로 뼈를 깎는 아픔을 감수하지 않으면 그 어떤 지원이나 도움도 구할 수 없고, 국민의 공감도 얻을 수 없다고 판단했기 때문이다. 피나는 자구노력 없이는 LH의 회생은 불가능하다고 생각했기에 그는 임직원의 고통과 눈물을 뒤로 하고 변화와 혁신의 길을 내달렸던 것이다.

대규모 사업조정, 그 치열한 준비 작업

사업조정에 사활을 걸다

LH의 경영정상화를 위해 뼈를 깎는 아픔을 감수하며 혁신적인 내부개혁을 단행한 이지송은 거대한 장벽과 맞닥뜨렸다. 이 장벽은 LH가 당면한 위기를 극복하고 지속적으로 성장하기 위해 반드시 넘어야 할 존재였다. 그 장벽은 바로 난제 중의 난제, '사업조정'이었다.

그가 사업조정을 하기로 결심한 때는 LH 출범을 위해 동분서주하던 설립준비단 시절부터였다. 그는 LH가 재무안정을 통한 경영정상화를 이루기 위해서는 가장 우선적으로 해결해야 할 과제가 사업조정이라고 생각했다. 그도 그럴 것이 LH 출범 당시 두 공사로부터 승계받은 사업장이 무려 400개 이상에 달했고, 이 사업을 모두 추진하려면 매년 45~50조 원의 돈이 투입되어야 했기 때문이다.

통합 당시 이미 100조 원의 빚을 안고 있던 LH의 입장에서 매년 천문학적인 수치의 돈이 투입되어야 하는 사업들을 조정하는 일은 조직의 존립을 위해 기필코 해결해야 할 절대과업이었다.

그는 LH 통합이 이루어졌던 2009년 말 사업조정에 대한 청사진을 마련했다. 하루라도 빨리 사업조정을 해야 LH가 생존의 길을 걸을 수 있고, 또한 사업이 장기화됨에 따라 발생하는 지역주민의 피해를 최소화할 수 있기 때문이다.

더불어 '양적 성장'에서 '질적 성장' 위주로 변화하고 있는 개발 사업의 패러다임 변화에도 부응할 수 있고, 인구감소, 고령화, 삶의 질 중시 등 인구·사회구조 변화와 오랜 부동산 경기침체, 이에 따른 개발수요 감소로 인한 시장여건 변화에도 능동적으로 대처할 수 있었다. 무엇보다도 국민의 세금으로 운영되는 LH의 경영 실패는 곧 정부와 국민에게 부담으로 이어질 수밖에 없었다. 뿐만 아니라 국민에게 토지와 주택을 공급하는 정부 정책을 실행하는 공공기관으로서의 임무도 다하지 못하는 사태를 초래하는 만큼 그는 어떠한 난관이 있더라도 반드시 사업조정을 해내고 말리라 다짐했다.

이러한 굳은 다짐에도 사업조정을 추진하기란 만만치 않았다. 넘어야 할 산이 한 두 개가 아니었고, 가는 길은 온통 가시밭길이었다. 어느 방향으로 나아가든, 어떤 방법을 쓰든 장애물이 존재했고, 그 장애물은 모두 하나같이 '필사즉생(必死則生, 죽기를 각오하고 싸우면 반드시 산다.)'의 마음가짐 없이는 쉽게 넘을 수 없는 것이었다.

한마디로 사업조정은 단시간에 결정해서 선불리 추진할 수 있는 일도 아니었고, 죽기 살기로 매달리지 않고서는 결코 이룰 수 없는 일이었다. 그러다 보니 2009년에 그린 사업조정에 대한 청사진은 여러 가지로 사업을 추진할 수 없는 난관에 봉착해 미완으로 끝나고 말았다.

하지만 2010년 LH의 유동성 위기가 깊어지면서 강도 높은 사업조정을 추진할 수밖에 없는 상황에 이르게 되었고, 이에 그는 다시 마음을 다잡고 사업조정을 적극적으로 추진하고자 마음먹었다. 하지만 사업조정에 대한 이야기가 나올 때마다 언제나 그

랬듯 대부분의 사람들이 불가능하다며 회의적인 반응을 보였다. 사업조정은 지자체, 정치권 등과 복잡하게 얽혀 있는 사안인데다 수많은 민원이 속출하고 국민으로부터 곱지 않은 시선을 받을 수 있는, 그야말로 거센 반대와 저항이 예상되는 고난의 길이었으니 그 누가 긍정적인 반응을 보이겠는가. 게다가 국내는 물론 외국에서도 선례를 찾기 어려운 규모로 사업조정을 단행할 계획이었기 때문에 주변의 반응은 더욱 부정적일 수밖에 없었다.

그러나 이지송은 나라가 자신에게 부여한 마지막 소임이라 여기며 LH를 기필코 반석 위에 세우겠다는 굳은 각오로 사장직에 임한 것처럼, 자신의 마지막 소임을 다하고 자신과의 약속을 지키기 위해 반드시 이 장벽을 넘겠다고 다짐했다.

아무리 지나쳐도 모자람이 없도록

그가 사업조정을 추진하면서 담당 직원들에게 거듭 당부한 말은 "수백 수천 명의 생명 같은 재산과 관련된 일인 만큼 모든 사업장 하나하나를 온 정성을 기울여 꼼꼼히 분석하고 대안을 만들라."는 것이었다. 사업조정은 국민의 소중한 재산권과 관련된 일이기도 했거니와 지역주민, 지자체, 정치권, 시민단체 등 직·간접적으로 수많은 이해관계가 얽혀 있는 민감한 사안이었기 때문이다. 그렇기 때문에 그는 '아무리 지나쳐도 모자람이 없다.'는 마음으로 직원들을 독려하며 고삐를 조였고, 그의 지휘 아래 LH 직원들은 사업조정으로 인한 부작용과 잡음이 최대한 없도록 치밀한 준비 작업에 들어갔다.

그와 LH 직원들은 성공적인 사업조정을 위해 일단 '선(先)재무, 후(後)사업'의 기본 원칙을 세웠다. LH가 험난한 길이 예상되는 사업조정을 하겠다고 결심한 가장 결정적인 이유는 단기적으로는 LH가 직면한 유동성 위기를 극복하고 중장기적으로는 재무건전성 확보와 안정적인 사업 기반을 마련하기 위해서였다. 따라서 LH의 재무역량 범위를 벗어나는 사업조정은 아무런 의미가 없었다. 재무역량을 고려한 사업조정이 이루어져야 했다.

그러나 LH는 국가와 국민을 위한 공공기관인 만큼 내 밥그릇만 챙길 수 없었다. 사업조정 대상 지구의 원주민, 입주자 등 이해당사자인 국민이 최대한 피해를 입지 않도록 일을 추진하는 것이 공기업인 LH에게는 더 중요했다. 정부의 정책 사업을 효율적으로 수행하고 LH의 재무 문제로 인한 국가 경제 부담을 줄이기 위해 불가피하게 사업조정을 추진하고 있지만 LH의 사업지구 하나하나가 국민의 소중한 재산과 직접적인 관련이 있고, 그 파급효과가 경제적, 사회적으로 중요한 의미를 가지는 만큼 이해당사자의 피해와 갈등을 최소화해야 했던 것이다.

이러한 취지를 담아 사업조정 원칙을 세웠으니, 그 첫 번째가 정부정책을 일선에서 수행하는 기관으로서 보금자리주택사업과 같은 핵심 사업은 공적 역할 수행을 위해 차질 없이 추진한다는 것이었다. 두 번째는 이미 보상계획을 공고한 사업지구처럼 국민과 약속한 사업은 순차적으로 실행하는 것이었고, 세 번째는 사업여건 개선이 필요한 사업은 착수 시기를 조정하거나 면적을 축소, 사업 방식을 변경하는 등의 다양한 조정 방식을 고려하여 시행하며, 네 번째는 수요 확보가 불투명하거나 가격 경쟁력이 떨어지는 등 여건이 좋지 않은 사업장은 사업 개선이 이루어질 때까지 보류한다는 것이었다. 마지막 다섯 번째는 신규 사업지구 선정은 최대한 억제하고, 민간 부문의 활성화를 위해 민간과 경쟁하는 사업 등은 민간에게 넘겨준다는 것이었다.

한편 사업조정 대상을 선별하는 작업은 이해당사자의 피해와 갈등을 최소화한다는 사업조정의 원칙에 따라 핵심정책 사업여부, 지역 수요, 사업성, 사업 진행 정도 등을 종합적으로 고려하여 이루어졌다. 아울러 종합적인 검토를 통해 선정된 사업지구는 주민, 지자체 등 이해당사자와의 충분한 협의를 거쳐 일괄된 방식이 아니라 지구별 여건에 맞는 방식으로 사업조정이 이루어지도록 했다.

가령, 수요와 재무여건에 따라 순차적으로 사업을 추진할 사업지구는 '시기 조정'을 통해 사업조정을 하고, 사업 규모가 지나치게 크거나 수요 확보가 어려워 구역을 나눠 보상이나 개발이 필요한 사업지구는 '단계별 추진'을 통해 사업조정을 하도록 했다. 또한 수요에 비해 개발 규모가 너무 크거나 면적을 조정했을 경우 사업 개선이 가능한 사업지구는 '규모 축소', 사업특성상 또는 사업 개선을 위해 시행 방식 변경 등 개발 대안 검토가 필요한 곳은 '사업 방식 변경'을 통해 사업조정을 하도록 했다.

빠른 시일 내에 사업 착수가 어려운 민간이나 지자체 등 다른 사업 주체에 의한 사업 시행이 필요한 사업지구는 '시행자 변경', 수요나 사업성 부족으로 주민, 지자체 등과 협의 후 사업 취소를 하거나 재산권 행사 제약에도 불구하고 장기간 유보가 필요한 곳은 '사업 재검토', 사업지구 제안 중인 사업 가운데 사업성이 낮거나 시급하지 않은 곳은 '제안 철회' 방식으로 사업조정이 이루어지도록 했다.

LH는 이처럼 일방적으로 사업조정을 추진하는 것이 아니라 이해당사자와 충분한 협의 후 대상 지구의 여건에 맞게 시기 조정, 단계별 추진, 규모 축소, 사업 방식 변경, 시행자 변경, 사업 재검토, 제안 철회 등 다양한 방식으로 사업조정을 추진하게 함으로써 그 효과를 높이고 이해당사자의 피해와 갈등은 더욱 최소화했다.

갈등관리 계획과 피해보상 대책을 세우다

사장 이지송을 중심으로 LH 직원들은 조직의 재무역량 범위 안에서 사업을 조정하여 당면한 유동성 위기를 극복하고 재무 건전성을 확보하는 동시에 이해당사자들이 사업조정으로 인해 최대한 피해와 갈등이 없도록 만반의 준비를 했다. 그러나 아무리 심혈을 기울여 준비해도 사업조정은 언제, 어디서, 어떻게, 얼마만큼의 폭발력으로 터질지 모르는 지뢰와 같은 존재였다. 따라서 LH는 사업조정 발표 이후 갈등이 생길 수 있는 모든 경우의 수를 고려하여 이에 대한 대비책을 마련해야 했다.

LH 직원들은 사장 이지송의 지휘 아래 모든 갈등에 효과적으로 대응할 수 있는 '갈등관리' 계획을 세웠다. 특히 사업조정과 관련이 있는 이해당사자들 가운데 가장 거센 반발이 예상되는 사업조정 대상 사업지구의 주민들에 대한 갈등관리 계획에 많은 신경을 기울였다. 결속력이 강한 사업지구 주민들의 경우 사업조정에 대한 불만으로 대규모 시위와 집회를 일으킬 수 있는 만큼 이에 대한 준비를 철저히 하지 않으면 사업조정을 진행하는데 큰 어려움을 겪을 것이 불 보듯 뻔했다. 따라서 그와 직원들은 주민들과의 사이에서 발생할 수 있는 갈등 위기에 적절하게 대응할 수 있도록 반발 수위에 따라 단계별로 대응책을 마련했다.

가령, 산발적·개별적 집회나 민원 제기 수준의 낮은 반발 단계에서는 설명회, 간담회 등을 통해 주민들과 함께하는 자리를 마련해 반발이 커지거나 더이상 확산되지 않도록 하고, 조직화된 일부 주민들이 항의 방문을 하거나 주민대책위원회 간부들을 중심으로 대규모 조직동원 전개 가능성이 있는 단계에서는 다양한 홍보매체 등을 활용해 다른 사업지구와의 동조, 연대, 이슈 확산의 가능성을 차단하도록 했다.

일부 강경한 주민들이 극렬하게 반발하고 대규모 집회, 도로 점거, 상경 투쟁 등을 전개하며 LH에 대한 부정적인 여론이 확산되는 단계에서는 LH에 대해 우호적인 지역 여론 주도층과 연계한 홍보를 통해 동조와 확산을 막도록 했다.

이외에도 그는 효과적인 갈등관리를 위해 캠페인, 홍보 등을 통해 사업조정의 타당성과 공감대 형성에 힘쓰도록 했고, 주민들의 반발 수위에 따른 대응 전략뿐만 아니라 지자체, 사업조정 대상 사업지구의 국회의원, 정치권, 시민단체 등 이해당사자별 대응 전략과 갈등관리 계획도 마련하도록 했다.

그러나 그가 어떤 갈등관리 대책보다 신경을 썼던 부분은 어떤 상황에서든 일방적으로 희생을 강요하기보다는 최대한 이해당사자들의 입장을 배려하는 진심 어린 자세였다. 그는 이러한 마음가짐이 사업조정으로 인해 발생한 이해당사자들과의 갈등을 극복하는 최선의 방법이라고 생각했다.

아울러 LH 스스로 경영부실에 대한 반성과 극복의지, 경영정상화를 위해 피나는 자구노력을 하는 모습을 먼저 보여줌으로써 사람들이 사업조정이 LH만을 위한 것이 아니라 국가와 국민의 안녕을 위한 최선의 선택임을 인식하도록 애썼다. 그는 이러한 인식 전환이 이루어지면 사업조정으로 인해 발생한 어떤 갈등도 얼마든지 해결할 수 있다고 보았다.

그는 LH 직원들에게 갈등관리 대책과 함께 이해당사자들에 대한 '피해보상' 대책도 마련하도록 지시했다. 사업조정으로 인해 불가피하게 재산상 손해를 본 주민들에 대한 적절한 피해보상은 분쟁이 발생할 가능성을 줄이고, LH에 대한 국민의 신뢰도를 높이는 등 원활한 사업조정을 위해 꼭 필요한 일이었기 때문이다. 그러나 주민들의 환심을 사고자 하는 의도로 이루어지는 선심성 보상 대책은 경계했다. 객관적이고 타당성이 있는 보상이 이루어질 때 LH에 대한 국민의 신뢰가 깊어지고 사업조정에 따른 업무 혼선을 방지할 수 있다는 것이 그의 생각이었다.

이에 LH는 법적 기준에서 벗어난 피해보상 요구에 대해서는 이를 들어줄 수 없는 사유를 충실하게 설명하여 분쟁 발생의 소지를 줄이고, 주민의 피해가 객관적이고 구체적으로 입증된 경우에도 관계법령이 정하는 바에 따라 보상 및 배상이 이루어지도록 했다. 또한 종합적인 법률 검토를 통하여 보상여부와 범위를 결정하되 중요 사안은 LH의 피해보상 대응 조직인 '사업관리 TF'와 '주민피해 분쟁조정위원회'를 통해 심의·의결하도록 했다.

'사업관리 TF'와 '주민피해 분쟁조정위원회'는 객관적이고 적절한 피해보상을 위해 구성된 조직으로, 사업관리 TF는 '지역본부', 주민피해 분쟁조정위원회는 '본사'에서 운영되었다. 사업관리 TF는 1차적으로 보상여부를 판단하는 일을, 주민피해 분쟁조정위원회는 지역본부에서 보상여부 판단이 어려운 중요하고 민감한 피해 민원에 대해 보상여부 등을 결정하는 일을 했다.

그는 피해보상에 대한 투명성과 합리성을 높이기 위해 사업관리 TF와 주민피해 분쟁조정위원회를 통해 1, 2차에 걸쳐 피해보상 심의가 이루어지도록 했다. 더불어 2차적으로 피해보상 여부를 판단하는 주민피해 분쟁조정위원회의 위원 구성에 많은 신경을 기울였다. 피해보상에 대한 대외 신뢰도와 투명성을 높이기 위해 LH 부사장을 위원장으로 하되, 위원회의 절반 이상을 외부 위원으로 구성한 것이다.

LH는 이처럼 사업조정으로 인한 모든 부작용과 잡음을 완벽하게 막을 수는 없지만 이를 최소화할 수 있는 준비에 최선을 다함으로써 LH의 지속가능한 성장을 위해 '어렵지만 기필코 가야 하는 길'을 내딛을 준비를 했다.

LH를 살리는 일, 국가와 국민을 위한 일

설득하고 또 설득하다

다각도로 사업조정 준비를 마친 LH는 드디어 언론을 통해 사업조정 소식을 알렸다. 그러자 예상대로 해당 지역주민들이 거세게 반발했다. 그 반발이 얼마나 거셌는지 LH 본사 앞은 연일 농성 중인 사람들로 인해 조용한 날이 없었고, 하루가 멀다 하고 각종 민원들이 쏟아졌다. 심지어 이지송은 전국에서 68번이나 사진 화형식을 당했다.

정치권의 반발도 만만치 않았다. 이전까지 부채 문제를 언급하며 강력하게 재무구조 개선을 촉구하던 정치권이 막상 재무구조 개선을 위해 사업조정을 하겠다고 나서자 태도가 돌변했다. 지역주민들과 함께 우리 지역만은 그대로 사업을 시행해달라며 강력하게 반발하기 시작한 것이다. 다가올 총선에서 더 많은 표심을 잡기 위해 입장을 바꾼 것이었다. 이런 정치권을 설득하기 위해 이지송은 아들 연배의 국회의원에게도 허리를 90도로 숙여가며 협조를 구하고 또 구했다.

"LH의 사업조정은 지역구의 이해를 넘어 나라를 위한 일입니다."

그러나 표심에 눈이 먼 국회의원들은 "자신들의 지역구를 사업조정 대상에 포함시킬 경우 가만두지 않겠다."며 으름장을 놓았고, 상황이 이렇게 되자 그는 청와대를 찾아가 정치권의 무책임을 호소하며 눈물을 쏟았다.

"국회의원들 정말 해도 해도 너무합니다. 이 지역은 도저히 사업성이 없으니 이해해달라고 부탁을 해도 자신들의 지역구만은 절대 안 된다는 입장만 되풀이합니다. 이 나이에 저 하나 잘 되려고 하는 일도 아니고 나라를 위하는 일인데 적극적으로 해결해야 하지 않겠습니까?"

사업조정은 자신만의 영달을 위한 일도, LH만을 위한 일도 아닌 결국 국가와 국민을 위한 일이었던 만큼 그는 자신들의 입장만 고수하는 정치권의 태도가 못내 아쉽고 속상했던 것이다.

그는 청와대 측에 국가와 국민을 위하는 일이므로 정치권이 마음을 돌릴 수 있도록 도와달라고 요청함과 동시에 더욱더 열심히 국회의원들을 찾아가 설득 작업을 펼쳐나갔다. 거의 매일 국회를 찾아갔고, 의원들이 자주 가는 목욕탕 앞을 지키고 서서 목욕을 마치고 나오는 의원들에게 허리를 깊이 숙이며 도움을 요청하기도 했다.

지역주민들을 설득하는 작업에도 최선을 다했다. 그와 직원들은 전국에 있는 사업지구를 일일이 찾아다니며 설명회를 개최하여 사업조정의 필요성을 역설했고, 어떠한 상황도 회피하지 않고 사업조정을 위해 혼신을 다했다.

한번은 언론을 통해 자신들의 사업지구가 사업대상에서 제외되었다는 소식을 들은 해당 사업지구의 국회의원과 시장, 주민들이 밤늦게 LH 본사를 찾아와 1층에서 항의하는 상황이 벌어졌다. 이때 그는 지인들과의 약속 때문에 외부에 있었는데, 이 소식을 듣자마자 서둘러 회사로 들어와 곧바로 농성하는 사람들을 찾아가 LH가 직면한 자금의 유동성 위기와 사업 타당성 등에 대해 차근차근 설명하고 설득했다. 그러자 처음 회사를 방문할 당시 격앙되어 있던 사람들의 항의도 점점 누그러져 자정 무렵에는 모두 집으로 돌아갔다.

그러나 이날 이지송은 집으로 돌아가지 않았다. 그 시간까지 회사에 남아 있던 직원들과 함께 원활한 사업조정을 위한 토론을 벌이며 밤을 지새웠다. 이 모습을 통해 직원들은 LH의 존립과 성장을 위해 사업조정을 기필코 해내고야 말겠다는 그의 굳건한 의지와 각오를 다시 한 번 엿볼 수 있었다.

주민들의 고통을 나누기 위해 천막을 치다

사업조정이 마무리될 때까지 이지송의 거침없는 행보는 계속되었다. 본사 앞에서 천막을 치고 극렬하게 농성을 벌이는 주민들과 대면하는 것도 마다하지 않고 그는 그 누구보다 먼저 나서서 설득 작업을 펼쳤다. 그 결과, 노숙을 강행하며 LH의 사업조정을 강도 높게 비판하던 주민들의 마음도 조금씩 움직이기 시작했고, 오랜 설득 끝에 극적인 타결을 본 사업지구도 있었다. 경기도 파주 운정3지구가 그 대표적인 예다.

2010년 12월 6일. 사업조정 대상이 된 경기도 파주 운정3지구 주민 10여 명이 찾아와 본사 앞 주차장에 천막을 치고 단식 농성에 들어갔다. 당시 LH는 사업조정의 일환으로 이 사업지구에 대한 토지보상을 연기하고 사업을 잠정 중단한 상태였다. 이에 이 사업지구의 주민들이 즉각적인 토지보상을 요구하고 농성에 들어간 것이다. 당시 주민들은 LH의 보상 계획을 믿고 미리 대출을 받아 인근 지역에 대토를 구입하거나 가계 자금 등으로 사용했다가 낭패를 당한 상태였기 때문에 감정이 최고조로 격앙되어 있었다. 사장이 안 나오면 목숨을 끊겠다며 거세게 항의했다.

이날 분위기가 워낙 험악했던 만큼 섣불리 대응했다가는 몸싸움이 일어날 수도 있는 상황이었기 때문에 그 누구도 쉽게 나서지 못했다. 그러나 이지송은 회피하지 않았다. 정면 돌파를 하지 않고서는 방법이 없다고 판단하여 농성을 벌이는 천막으로 직접 찾아갔다.

그가 천막 안으로 들어서자 주민들은 낯선 사람의 등장에 의아한 표정을 지으며 누구냐고 물었다.

"LH 이지송 사장입니다."

그러나 주민들은 그의 말을 믿지 않았다. 하지만 그가 거듭 얘기하자 그제야 그의 말을 믿었다. 그는 주민들과 함께 바닥에 둘러앉아 이 사업을 왜 추진하기 어려운지를 상세하게 설명하며 LH가 처한 현실을 솔직하게 고백했다.

"현재로써 파주 운정3지구는 사업성이 너무 없습니다. 사업을 계속 추진하다가는 LH가 망할지도 모릅니다. 그런데 어떻게 사업을 하겠습니까."

이날의 대화는 새벽 1시까지 이어졌다. 그러나 주민들의 재산과 직접 관련이 있는 일인 만큼 단번에 설득하기 어려운 일이었다. 이에 이지송은 직원들에게 그들의 천막 옆에 또 하나의 천막을 치도록 지시했다. 그 천막은 주민들과 수시로 대화를 나누기 위해 자신이 머물 곳이었다.

이날 그는 이곳에서 하룻밤을 보냈다. 비서진들은 그의 나이와 건강을 염려해 적극적으로 만류했지만 그는 "보상을 당장 해줄 수는 없지만 고통이라도 함께 나눠야 한다."며 천막에서 잠을 청했다.

다음 날 날이 밝자마자 비서진들은 그에게 달려갔다. 추운 날씨에 그의 건강이 염려되었기 때문이다. 그러나 그는 우려와 달리 밝은 표정으로 되레 자신을 걱정하는 비서진들을 안심시켰다.

"전기장판을 깔았더니 등은 따뜻한데 얼굴이 좀 시리더라. 주민들에게 찬찬히 다 설명했고, 좀 봐달라고 사정도 했다."

덧붙여 그는 주민들이 사우나를 할 만한 장소가 있는지 알아보고 식사도 정성껏 챙겨드리라고 당부했다. 주민들은 이처럼 혼신의 노력을 다하는 그의 모습에 결국 마음이 움직여 12월 9일 천막을 걷고 집으로 돌아갔다.

난제 중의 난제인 사업조정을 시작한 이후 그는 거의 매일 밤잠을 설쳐가며 사업조정 작업에 혼신을 다했다. 고민하고, 설득하고, 협의하고……. 그렇게 온 정성을 다한 끝에 LH는 사업조정을 시작한 이후 2년 동안 구조조정 대상이었던 신규 사업장 138개 중 50여 개 사업장의 사업을 취소하거나 시행자를 변경했고, 사업 방식 변경, 규모 조정, 사업 착수 시기 조정 등을 통해 무려 110조여 원에 이르는 사업 투자비를 줄였다. 이는 4대강 사업을 다섯 번이나 하고도 남는 큰 금액이었다. 이를 통해 부실의 낭떠러지에 서 있었던 LH는 기사회생할 수 있었고, 국가 입장에서도 국민의 세금 110조여 원을 줄이는 효과를 볼 수 있었다. 또한 과거 재무역량에 상관없이 수요와 경제성을 따지지 않고 추진하던 공익 개발 사업의 패러다임이 수요와 경제성을 우선하는 방향으로 전환되는 계기를 마련했다는 점에서 그는 적지 않은 자부심을 가졌다.

그는 사업조정을 단행하기 전, 한 언론과의 인터뷰에서 돈이 없어 국민과의 약속을 지키지 못하는 것에 대해 매우 가슴 아파했다. 나라와 국민에게 봉사하기 위해 맡은 LH 사장직이었기에 그 아픔은 더했다. 나라와 국민을 위해 모든 것을 헌신하겠다는 굳은 각오로 맡은 소임인데 오히려 국민에게 고통을 주는 일을 하고 있으니 그의 심정이 어떠했겠는가.

그러나 모두 끌어안고 갔다가는 LH의 존립을 장담할 수 없고, LH는 정부의 국책사업을 시행하는 대표기관인 만큼 결국 그로 인한 피해는 고스란히 국민에게 돌아갈 것이므로 눈물을 머금고 검을 휘두를 수밖에 없었다.

상대적으로 작은 것을 포기하고 큰 것을 취해 궁극적인 문제를 슬기롭게 해결하는 그와 같은 리더가 있었기에 LH는 존립을 위협하는 절체절명의 위기에서 벗어나 생존과 성장의 기반을 다질 수 있었다.

생존을 넘어 지속가능한 성장의 길을 향해

LH 공사법 개정안 발의

'경영의 천재', '기업 경영의 신'으로 불리는 일본의 마쓰시다 그룹의 창업주 마쓰시다 고노스케(1894~1989)는 계열사 사장단들에게 이런 말을 한 적이 있다.

"사장님들은 십 년 앞을 보고 경영하시오. 나는 백년, 이백 년 앞을 내다보는 일을 하겠소."

조직의 리더는 단순히 앞을 바라보는 것을 넘어서 멀리 바라봐야 한다는 의미다. 이 경영철학은 초등학교도 나오지 못한 마쓰시다 고노스케가 가게 점원으로 사회 생활을 시작해 70여 개의 계열사를 거느린 지금의 마쓰시다 그룹의 창업주가 되는데 큰 밑거름이 되었다.

눈앞의 일에 사로잡히지 않고 먼 훗날을 바라보고 일을 계획하는 것은 조직을 이끄는 리더가 갖춰야 할 중요한 요건이다. 특히 요즘처럼 하루가 다르게 사회가 급변하는 시대에는 근시안적인 경영으로는 조직의 생존은 물론 성장도 기대할 수 없다.

이지송은 단순히 앞을 보고 가는 리더가 아니었다. 앞을 바라볼 뿐만 아니라 멀리 내다보는 리더였다. 그는 LH의 경영정상화를 위해 당장 발등에 떨어진 불을 끄는 작업에만 치중하지 않고 LH가 장기적으로 살아나갈 수 있는 토대를 마련하는 일에도 소홀하지 않았다.

이러한 작업의 일환으로 그는 '경영정상화 6단계' 중 4단계인 '정부지원 방안 도출'에 혼신을 다했다. 뼈를 깎는 경영 쇄신과 자구노력만으로 LH의 경영정상화는 요원한 일이라고 생각했기 때문이다. LH의 혼자만의 힘으로 홀로서기에 성공하기에는 많은 한계가 있었고, 특히 재무구조를 안정시키기 위해서는 정부의 지원이 절실했다.

그는 결국 LH 출범 후 얼마 지나지 않은 2009년 12월 15일, 'LH 공사법(한국토지주택 공사법) 개정안'을 발의했다. LH 공사법은 보금자리주택사업, 혁신도시개발사업, 주택임대사업, 행정중심복합도시건설사업 등 LH가 정부를 대신해 수행하는 사업으로 인해 손실이 발생했을 경우 정부가 이에 대한 손실을 보전해주는 법안으로, 이 법안이 통과될 경우 LH는 근본적인 재무안정의 토대를 마련할 수 있어 장기적인 생존은 물론 성장이 가능한 공기업으로 거듭날 가능성이 훨씬 높아졌다.

그는 임직원에게 "돈 한 푼 지원받지 않고 LH가 정부의 국책사업을 다 떠맡는 것은 분명히 잘못된 일이다."라고 말하며 이 법안을 통과시키는 데 혼신의 노력을 다할 것이라는 뜻을 내비쳤다. 물론 당시 주변의 반응은 매우 회의적이었다. LH의 손실을 국민의 세금으로 메우는 법안을 반길 곳은 그 어디에도 없었다. 아니나 다를까. 이 법안을 제안하자 정부와 국회는 생각할 가치도 없다며 거세게 반대했다. 법안에 대한 설명조차 들으려고 하지 않았다.

그러나 그는 포기하지 않았다. 안 해도 그만이고, 중도에 포기할 일이었으면 아예 시작도 하지 않았을 그였다. 이 법안은

LH가 오랫동안 공기업으로서의 역할을 수행하려면 끝까지 혼신을 다해 꼭 이루어야만 하는 과업이었다. 그러므로 그는 정부의 지원을 얻고자 LH 내부개혁에 더욱 고삐를 죄면서 법안과 관련한 정부 관계자들과 국회의원들을 수시로 찾아가 끈기 있게 설득했다. 그러나 적지 않은 국민 세금이 투입되는 법안인 만큼 정부와 국회의 입장은 쉽게 변하지 않았다. 얼마나 그 태도가 단호했는지 웬만한 일에는 좀처럼 실망하지 않는 그가 일이 뜻대로 되지 않자 찾지 않던 담배를 피울 정도였다.

LH 공사법 개정안에 대한 국회 심의가 있던 날, 그는 국회 앞에 세워둔 차 안에서 가슴을 졸이며 그 결과를 기다렸다. 그러나 개정안의 국회 통과는 끝내 무산되었고, 박동선 부장으로부터 이 소식을 들은 그는 낙심한 표정으로 한동안 아무 말 없이 담배만 피웠다. 그렇게 얼마나 시간이 흘렀을까. 그는 옆에서 자신을 지켜보던 박동선 부장에게 이렇게 말하며 자세를 고쳐 앉았다.

"최선을 다해도 안 되는 일이 있네. 그래도 될 때까지 뛰어야지."

이 모습에 박동선 부장은 가슴이 울컥했다. 잠시 실망은 했지만 이내 과거의 일은 훌훌 털어버리고 다시 뛸 준비를 하는 그의 모습에 말로는 설명할 수 없는 감정이 가슴 저 깊은 곳에서부터 솟구쳐 올라왔기 때문이다.

이날 이후 그는 더욱더 LH 공사법 개정안을 통과시키기 위해 온 힘을 다했고, 그 노력이 결실을 맺어 법안 상정 후 1년여 만인 2010년 12월 29일, 드디어 LH 공사법 개정안이 국회를 통과했다. 2009년 12월 15일 법안을 상정할 때의 접수번호가 무려 570번이었던 점을 감안할 때, 이는 1년이라는 짧은 시간에 이뤄낸 놀라운 쾌거였다. 보통 법안을 상정하고 통과되기까지 짧게는 2~3년, 길게는 5년 정도가 걸리기 때문이다.

LH 공사법 개정안은 단 두 줄짜리의 짤막한 법안이었지만 LH가 먼 훗날에도 존속, 성장하는 데 큰 힘이 되어줄 근간이자 버팀목이었기 때문에 법안이 통과되던 날, 그는 임원들과 함께 그 기쁨을 나누었다.

LH 공사법 개정안이 시행되자 LH의 신용도는 크게 상승했다. LH 채권이 국채에 준할 정도였다. 또한 금융 부채 증가속도도 크게 떨어져 이러한 추세가 계속될 경우 얼마 지나지 않아 사업 수지가 흑자로 전환되고, 금융 부채도 감소세로 돌아설 것이라는 분석이 나오기까지 했다.

정부도 웃게 만든 끈기와 노력

출범 직후부터 LH는 혼자만의 힘으로는 생존이 어려운 상태였기 때문에 이지송과 임원들은 정부지원을 받기 위한 노력을 아끼지 않았다. "LH 스스로 변화를 위한 뼈를 깎는 아픔을 감수하지 않으면 그 어떤 도움도 바랄 수 없다."고 강조하며 파격에 가까운 경영혁신과 피나는 자구노력을 기울였음은 물론 그를 중심으로 한 경영진들은 정부와 국회, 언론을 상대로 정부지원의 필요성에 대해 언급하며 전 방위적으로 설득 작업을 펼쳐 나갔다.

그 결과 2011년 3월 16일, 마침내 정부가 LH의 끈질긴 노력에 웃으며 화답했다. 바로 'LH 지원 방안'을 발표한 것이다. 이 방안에는 국민주택기금 융자금의 거치기간을 10년에서 20년으로 연장하고, 기금을 후순위채로 전환하는 등 24개의 세부적인 지원 내용이 담겨 있었다. 이로 인해 LH는 꽉 막혀 있던 자금 융통에 숨통이 트이게 되었고, 경영진과 직원들은 모두 한마음으로 기뻐했다.

이지송은 이 공을 모두 LH의 경영정상화를 위해 수많은 고통을 감내한 임직원에게 돌렸다. 2011년 3월 18일 그는 이러한 고마운 마음을 담아 LH 임직원에게 장문의 편지를 띄웠다.

LH 임직원 여러분.

(중략)

이처럼 통합을 이루고, 관계법령을 개정하고, 경영정상화 방안 발표와 정부지원을 얻어내기까지 정말 숨 돌릴 틈 없이 앞만 보고 달려왔습니다.

이렇게 지난날들을 하나씩 되돌아보니 그 과정에서 애쓰고 눈물 흘린 우리 7천여 임직원 여러분의 얼굴이 떠오릅니다. 여러분이 아니었다면 우리 LH가 지금까지 올 수 있었을까, 과연 이지송이란 사람이 사장으로서 제 역할을 잘 해낼 수 있었을까 생각해봅니다.

사랑하는 가족과의 시간을 뒷전으로 미뤄둔 채, 오직 회사를 위해 자신을 바치셨습니다. 월급도 줄고, 복지후생도 후퇴하여 마음고생 또한 크셨을 텐데 모두 다 참아주셨습니다. 그런 여러분의 헌신과 희생, 그리고 열정이 있었기에 오늘의 LH가 있다고 생각합니다.
정말 고맙고, 감사하고, 존경합니다.

– LH 사장 이지송

LH의 미래를 만들다

LH를 국민의 사랑과 신뢰를 받는 공기업으로 거듭나게 하겠다는 굳은 각오로 경영정상화 6단계를 차근차근 밟아온 이지송. 그는 2011년 상반기, 경영정상화 6단계 중 4단계의 고비를 넘기며 LH가 어느 정도 위기에서 벗어나 경영의 기틀을 마련하도록 했다. 그러나 LH가 완전하게 경영정상화를 이루려면 여전히 건너야할 강도, 넘어야 할 산도 많았다.

무엇보다 남은 2단계의 고비를 넘겨야 LH가 온전하게 경영정상화를 이루어 현재의 생존 문제가 아닌 미래에도 성장, 발전할 수 있는 조직이 될 수 있었다. 따라서 그는 잠시도 쉴 수 없었다. 경영정상화 6단계가 모두 완결이 될 때까지 달리고 또 달려야 했다. 그러나 이전 단계가 모두 그러했듯 남은 2단계도 결코 만만한 일이 아니었다.

참고로, 남은 2단계는 '임대주택의 구조적 부채 문제 해결(5단계)'과 '투자와 회수가 함께하는 선순환 사업구조 확립(6단계)'이다.

하지만 어렵다고 포기할 그가 아니었다. 더구나 남은 2단계는 LH의 지속 가능한 미래를 만들기 위해 반드시 넘어야 할 산이었기 때문에 그는 이번에도 기필코 이루고야 말겠다는 강한 의지를 보였다.

특히 5단계인 임대주택의 구조적 부채 문제를 꼭 해결하겠다는 의지가 강했다. 그도 그럴 것이 당시 LH는 국민임대주택을 한 채(1억 3,000만 원 기준) 지을 때마다 9,300만 원의 적자가 발생했기 때문이다. 임대주택 한 채를 지을 때마다 1억 원에 가까운 부채를 안고 가는 현재의 사업구조를 계속 유지하게 되면 2010년 30조 원이던 기금부채가 2018년에는 약 69조 원까지 증가할 것으로 예측되는 상황이었다.

그는 LH가 재정적으로 안정된 가운데 앞으로도 생존, 성장하려면 지금의 임대주택 사업구조를 바꿔야 한다고 생각했다. 그러나 단순하고 쉬운 문제가 아니었다. 그 어떤 문제보다 많은 어려움이 따르는 과업이었다. 하지만 그는 종합적인 대책을 강구하여 어떠한 형태로든 반드시 해결할 것이라고 다짐했고, 그의 뜻을 이어받아 지금도 LH는 이 문제를 해결하기 위해 최선을 다하고 있다.

이지송은 마지막 6단계인 LH의 사업구조를 '투자와 회수가 함께하는 선순환 구조'로 만드는 작업에도 소홀하지 않았다. 당시 LH가 추진하는 사업은 대부분 수익률은 현저히 떨어지고 수익 사업과 비수익 사업 간의 교차보조 구조도 무너져 사업을 할수록 손실이 쌓여가는 악순환이 반복되고 있었다. 정부의 국책

사업을 추진하면서 그 목표를 달성하기 위해 수익성을 뒷전에 두다보니 사업구조가 무너진 것이었다. 이와 같은 구조로는 LH가 생존을 뛰어넘어 미래에도 지속가능한 경영체제를 확립하는 것이 어려웠기 때문에 그는 어렵지만 기필코 이 문제를 해결하고야 말겠다는 의지를 다졌다.

한편, 그는 과거 방만하고 비효율적인 경영으로 인해 불거진 문제들을 해결하는 것에만 집중한 것이 아니라 LH의 나아갈 길을 밝혀주는 길잡이가 되어줄 '백서 발간'에도 힘썼다.

백서 발간을 담당한 '미래비전팀'은 각 분야별로 전문성을 갖춘 직원들로 구성되었고, 사무실은 본사 7층에 있는 사장실 앞에 마련되었다. LH의 과거와 현재를 정리하고 미래를 그리는 작업인 만큼 사장인 그가 수시로 들여다보며 직원들을 격려하기 위함이었다. 실제로 그는 오로지 미래비전팀 직원들이 자부심을 가지고 일에 매진할 수 있도록 독려만 할 뿐, 별다른 지시를 내리지 않았다. 스스로의 힘으로 자신들의 미래를 개척해보라는 무언의 메시지였다.

그는 종종 햄버거나 음료수 등의 간식을 사들고 백서 발간에 총력을 다하고 있는 미래비전팀을 찾아가 격려했는데 그때마다 늘 이 말을 강조했다.

"여러분이 해야 할 일은 LH가 가는 길의 길잡이가 되어야 한다는 것입니다. 백서만 보면 LH가 가는 길이 보여야 합니다. 그 내용을 보면 국민이 '아, LH가 이런 일을 하는 곳이구나!', 'LH가 그렇게 방만하고 욕먹을 회사가 아니구나!', '역시 국가의 큰 근간이 되는 기업이구나!', 'LH를 믿고 한번 기대해봐야겠구나!' 하는 생각을 가져야 합니다. 여러분이 하는 일은 이렇게 '국민에 대한 LH의 선언문'을 만드는 의미 있는 일입니다."

그는 이 백서에서 LH의 과거와 현재, 미래를 국민에게 투명하게 보여줌으로써 성공적인 공기업으로 반드시 거듭나겠다는 LH의 강한 의지를 보여줄 수 있는 보고서가 되기를 바랐던 것이다.

이러한 큰 방향 아래 미래비전팀은 꼬박 60일 동안 밤낮없이 백서 작업에 매진한 끝에 총 여섯 권에 이르는 방대한 분량의 《LH 미래비전 총서》를 발간했다.

2011년 6월 30일 백서가 발간되던 날, 미래비전팀은 해단식을 갖고 사장 이지송에게 '경영정상화를 위한 변화와 개혁, 그리고 창조'라는 제목의 백서 발간 종합보고서를 제출했다. 이를 받아든 그는 잠시 동안 아무 말 없이 그 내용을 들여다본 뒤 펜을 꺼내 앞장에 이런 글을 적었다.

"수고 많이 하셨습니다. 참여하신 한 분 한 분의 공로를 LH가 존재하는 한 영원히 기억할 것입니다."

그의 뒤를 이어 미래비전팀의 직원들도 자신의 이름을 적어 나갔다. 이 과정에서 그들은 이 작업에 참여한 것에 대해 더 없이 큰 기쁨과 자부심을 느꼈다.

백서가 발간된 이후, 이지송은 외부에 사람을 만나러 가거나 회의에 참석할 때면 여섯 권의 백서를 마치 보물처럼 핑크색 보자기에 싸서 들고 가 그 내용을 설명하는 수고를 아끼지 않았다. 그에게 LH의 과거와 현재, 그리고 미래가 담긴 백서는 단순한 책이 아니라 국민에게 제출하는 보고서이자 국민에게 믿음을 주는 공기업으로 존속하겠다는 약속이었기 때문이다.

영원한 건설인,
마지막 소명을 다하다

내게 주어진 숙명과도 같은 일

"LH의 부채 비율이 급격히 감소하여 경영정상화가 가시화되고 있다."

2011년 8월 31일. LH 비서실 관계자는 온라인에서 깜짝 놀랄만한 LH 관련 뉴스를 발견했다. 그 관계자는 곧바로 사장 이지송에게 달려가 이 내용을 전달했고, 기사를 접한 그는 기쁨을 감추지 못했다. 취임 이후 LH를 반석 위에 세우기 위해 쉼 없이 전력 질주한 그였기에 그의 소회는 남달랐다. 감격에 겨워 잠시 말을 잇지 못할 정도였다. 그는 그 기사를 연신 들여다보며 "야, 드디어 우리가 고생한 보람이 있구나. 언론에서도 이렇게 인정해준다."라고 말하며 환한 웃음을 지었다. 이때 그의 머릿속에는 지난 2년간 LH를 위해 땀과 눈물을 흘리며 혼신을 다했던 순간들이 주마등처럼 스쳐 지나갔다.

다음 날 이 기사는 대부분의 언론사에서 비중 있게 다뤘다. LH가 이처럼 빨리 부채를 줄여나갈 거라고는 그 누구도 예상하지 못했기 때문이다. 이는 지난 2년간 그의 지휘 아래 LH가 파격에 가까운 변화와 혁신을 단행한 덕분이었다. 대부분의 언론들도 LH가 출범 2년 만에 상반기 순이익 3,863억 원을 달성하면서 부채 비율도 감소하는 등 정상화의 시동을 걸 수 있었던 주요 원인을 '획기적인 이지송식 개혁'과 '정부지원'으로 꼽았다. 이 분석대로 LH는 출범 후 강도 높은 내·외부 개혁과 정부의 지원으로 당면한 위기에서 벗어나 경영정상화에 가속도가 붙고 있었다. 부활의 날개를 단 것이다.

태어남과 동시에 생존 위기에 처한 LH를 그가 단 2년 만에 변화와 개혁으로 통합 공사의 토대와 기틀을 세우고 경영정상화의 초석을 닦을 수 있었던 것은 앞서 언급했듯이 이 임무를 사회와 나라가 자신에게 부여한 마지막 소명이라 여겼기 때문이다.

2011년 5월, LH 미래전략팀 직원들 앞에서 그는 자신의 속내를 드러낸 적이 있었다. 그 얘기만 살펴보더라도 그가 LH를 성공적인 공기업으로 거듭나게 만드는 것, 그 소명을 다하기 위해 혼신의 노력으로 열정을 불태웠음을 잘 알 수 있다.

> 나는 내 인생 마지막으로 국가에 봉사한다는 확신이 있습니다.
>
> 나는 많은 것을 가졌습니다. 한 기업의 총수 노릇도 해보고, 크던 작던 대학 총장도 한 3년간 해보고, 그것도 부족해서 어렵다는 LH 통합 공사 초대 사장을 하고 있습니다. 복이 많고 운이 좋아 여기까지 왔다고 생각합니다. 그럼 제가 여기서 무엇을 더 얻고 싶겠습니까?
>
> 나는 그저 '내가 혜택받은 것만큼 사회에 돌려주자. 내가 힘들어도 그걸로 보람을 찾자.' 그런 확고한 철학이 있습니다. 그래서 나름대로 최선을 다하자는 생각입니다.

'나 아니면 LH를 못끌고 간다. 나 외에는 대한민국에 LH를 끌고 갈 사람이 없다. 숙명이다. 나에게 주어진 운명이다.' 이런 마음으로 이것만은 잘 마무리해야겠다는 생각입니다. 자신도 있고 자부심도 있습니다. 그런 마음으로 지금까지 왔습니다.

이지송은 LH호에 올라타기 전에 이미 돈도 명예도 다 가져본 사람이었다. 따라서 LH 사장은 자신의 영달을 위해 선택한 자리가 아니었다. 그가 오직 자신의 영달만을 생각하는 사람이었다면 편하고 보수도 좋은 대학 총장을 그만두고 누가 봐도 고난의 길이었던 LH사장직을 수락하지 않았을 것이다.

그가 LH 미래전략팀 직원들에게 고백했듯이 그에게 LH 사장은 오랜 세월 건설인의 길을 걸으며 사회와 나라로부터 받은 많은 혜택을 다시 사회와 나라에 환원하고자 선택한 보은의 길이었고, 늘 사회와 국가에 보탬이 되는 일을 하고자 꿈꾸었던 그에게 국가가 부여한 마지막 소명이었다. 따라서 그는 국민 외에 그 누구의 눈치도 볼 필요 없었고 아쉬울 것도 없었다. 그에게 주어진 마지막 소명만 이룰 수 있다면 그것으로 족했고, 그 소명을 다하는 것만이 그의 목표였기 때문에 그 누구보다 강한 소신과 책임감으로 뚝심 있게 LH만을 위해 일할 수 있었다.

대한민국에서 가장 책임감이 강한 돌부처 CEO

이지송의 머릿속에는 오직 자신에게 부여된 마지막 소명을 다하겠다는 생각밖에 없었다. 그렇기 때문에 그는 그 어떤 순간에도 LH가 최우선이었다. 그가 LH를 위해 매순간 강한 소신과 책임감을 가지고 거침없이 일을 추진할 수 있었던 것은 바로 이러한 이유에서였다. 그가 얼마나 LH를 위해 강한 소신과 책임감을 가지고 일에 매진했는지 세간에서는 이런 그를 두고 '대한민국에서 가장 책임감이 강한 CEO'라고 했고, 또 '돌부처'라고도 했다. 돌부처라는 별명은 2011년 3월 27일, 정자동 LH 본사에서 열린 '국토해양부 · LH 합동 워크숍'에서 얻은 것이었다.

국토해양부와 LH 고위관계자 90여 명이 참석한 가운데 열린 이 워크숍은 당시 많은 언론의 주목을 받았다. 부채만 100조 원이 넘는 LH의 경영정상화, 보금자리주택 사업 물량, 사업조정 등 중요한 현안들이 논의될 예정이었기 때문이다.

자리가 자리이니 만큼 이지송은 하루 전날부터 회의장을 찾아와 성공적인 워크숍을 위해 꼼꼼하게 신경을 쓰며 직원들에게 한 치의 소홀함 없이 준비하도록 당부하고 또 당부했다. 본인 또한 회의를 위해 많은 자료를 준비하고 회의 시작 전까지 인사말 원고를 직접 가다듬으며 준비에 만전을 기했다.

그러나 정작 회의가 시작되자 그는 준비했던 많은 말과 자료가 있었음에도 불구하고 입을 꾹 다물었다. 5시간 동안 이어진 회의 내내 얼마나 꿈쩍을 하지 않던지 한 참석자는 아무 말도 하지 않고 가끔 눈을 떠 주위를 둘러보는 그의 모습이 꼭 '돌부처' 같았다고 말했다. 언론사들도 이날 그의 모습을 돌부처에 비유하며 그가 침묵할 수밖에 없었던 이유를 크게 보도했다.

그가 무려 5시간 동안 침묵을 지켰던 이유는 '전세난 해결을 위한 보금자리주택 물량 확보'라는 회의 주제 때문이었다. 그는 수십조 원의 사업비가 들어가는 사업이기에 쉽게 결정할 수가 없어 5시간 동안 이어진 회의 내내 꿈쩍도 하지 않은 것이다. 이 침묵은 LH의 회생을 어렵게 하는 일에는 한 치의 양보도 하지 않겠다는 그의 강력한 의지의 표현이었다.

그는 이날 이후 정부에게 보금자리주택 건설을 재무구조 여건을 감안해 순차적으로 추진하겠다는 의사를 전달했다. LH가 정부의 국책 사업을 시행하는 공기업으로서 국민의 주거복지에 최선을 다하는 것은 맞지만 지금은 LH가 생사의 기로에 서 있는 만큼 존립을 위협하지 않는 선에서 정부 정책을 따를 것이라는 의지가 담긴 답변이었다.

보통 공기업들이 정부 정책을 일선에서 실행하는 정책기관으로서 정부가 결정한 사안에 대해서는 그대로 따르는 것이 관행처럼 여겨지던 상황에서 그의 뚝심 있는 행동은 그가 얼마나 소신과 책임감이 강한 CEO인지 여실히 보여주었다.

'남성대 골프장 이전' 문제도 그가 강한 소신과 책임감을 가지고 추진하여 해결했던 일의 대표적인 사례다.

2006년 사업지구로 지정된 위례 신도시(서울 송파구 장지동 및 거여동, 경기도 성남시 수정구 창곡동, 경기도 하남시 학암동에 개발되고 있는 신도시)는 사업 초기부터 난항을 겪었다. 위례 신도시 편입 토지 중 73퍼센트가 국방부 소유로, 당시 국방부가 군부대 체육시설인 남성대 골프장 이전을 반대했기 때문이다.

당시 국방부는 문제 해결 대안으로 서울과 가까운 곳에 대체 골프장을 마련해 줄 것을 요구했고, LH는 서울 인근에 있는 뉴서울 골프장을 매입하여 남성대 골프장을 대체하기로 협약했다. 그런데 문제는 대체 골프장을 매입하는데 무려 1조 2,000억 원에 달하는 막대한 비용이 소요되고 수많은 회원권을 전부 사들여 정리해야 한다는 것이었다. 이러한 상황에서 그해 10월, 그가 LH의 초대 사장으로 취임한 것이다.

그는 사장이 된 후 얼마 지나지 않아 남성대 골프장에 대한 보고를 받았다. 그리고 이 보고를 받자마자 이지송은 한 치의 망설임도 없이 단호하게 사업 재검토를 지시했다.

"남성대 골프장 대체 시설을 조성해야 하는 협약은 반드시 지켜야 한다. 그러나 무주택 서민을 위해 서울 인근의 요지에 그린벨트를 풀어 공익 사업을 하는 마당에 골프장 하나를 매입하는데 1조 2,000억 원을 들인다면 국민들이 뭐라고 하겠나. 문제가 있다. 다른 방법을 찾아라."

그는 자신이 사장직을 그만두는 한이 있더라도 국민의 원성을 사는 일을 결코 묵과할 수 없다는 뜻을 고수했다. 이와 동시에 수많은 회원권을 사들이려면 많은 시일이 소요되는 데다 자칫 잘못하면 소송에 휘말려 사업 일정상 보금자리주택 공급에 차질이 생길 수도 있다는 점을 들어 정부 관련 부처와 국방부를 설득하는 작업에 나섰다.

결국 그의 끈기 있는 노력으로 2010년 6월 뉴서울 골프장 매입은 철회되고 국민 정서에 맞게 수도권에 있는 여주 그랜드 골프장을 매입하고 추가로 신규 골프장 한 곳을 더 조성하기로 합의했다. 이로 인해 LH는 뉴서울 골프장을 매입했을 때와 비교해 무려 8,000억 원에 달하는 사업비를 절감할 수 있었다.

이 일은 정부 부처는 물론 공공기관에서 수없이 회자되며 공기업들이 타산지석(他山之石)으로 삼아야 할 '공기업 경영혁신의 귀감'이라는 평을 들었다.

2010년 10월 19일 정자동 LH 본사 대회의실에서 열린 국정감사에서 그는 "너무 임기에 연연하는 것 아닙니까?"라는 한 국회의원의 질의에 서슴없이 이렇게 대답했다.

"LH의 경영이 정상화된다면 연말이라도 당장 사장직에서 물러나겠습니다."

오직 자신에게 주어진 소명을 다하기 위해 LH 수장으로서 LH를 지키는 일에 혼신을 다했기에 가능한 대답이었다. 그는 그렇게 자신에게 주어진 소명을 다하겠다는 마음에서 비롯된 강한 소신과 책임감으로 LH를 지켜나갔다.

마지막 소명을 다하고 떠나다

2013년 5월 14일 오후, LH 본사에서는 LH로서는 참으로 안타까운 행사가 열렸다. LH 초대 사장으로 취임한 이지송의 퇴임식이 있었던 것이다. 이로써 그는 취임한 지 3년 8개월 만에 사장 자리에서 물러나게 되었다.

강도 높은 변화와 혁신으로 죽어가는 LH에 부활의 날개를 달아준 그는 그 공에 힘입어 연임되었다. 그러나 그는 2013년 3월 말 돌연 사표를 제출했다. 2012년 11월 폐암 수술을 받을 정도로 건강이 좋지 않은 데다 2013년 출범한 새 정부의 공기업 인사에 걸림돌이 되지 않기 위해서였다. 두 가지 이유 중 사람들은 후자에 더 큰 비중을 두었다.

2012년 9월 임기가 종료될 당시 그는 사장직에서 물러나 학교로 돌아가고자 했다. 그러나 정권교체기의 안정과 LH의 생존과 성장을 바라는 정부와 정치권, LH의 직원들이 그의 임기 연장을 간절히 바랐기 때문에 그는 어쩔 수 없이 사장직을 계속 수행해나갔다.

그런데 이때도 폐암 때문에 병원을 오가며 치료를 받고 있는 상황이었다. 또한 연임 기간에 폐암 수술을 받은 직후에도 "수술한 환자가 맞느냐?"는 질문을 받을 정도로 눈코 뜰 새 없는 일정을 소화해냈다. 성치 않은 몸이었지만 LH 사장직을 수행하는 데 크게 문제가 없었다는 얘기다. 따라서 사람들은 그가 돌연 사의를 표명한 것에 대해 새 정부의 공기업 인사에 걸림돌이 되지 않기 위한 그의 소신 있는 선택이었다고 판단했다. 사회와 나라에 보탬이 되기 위해 LH 사장을 맡았듯 같은 이유로 미련 없이 LH 사장 자리에서 내려왔다는 것이다.

한편, 마지막 순간까지 오직 LH만을 위해 헌신하며 위기의 LH가 생존, 성장할 수 있는 기틀을 마련한 그의 퇴임 소식은 모든 임직원에게 큰 안타까움을 주었다. 그 안타까움이 얼마나 컸는지 LH의 임직원은 그 마음을 담아 자신들의 얼굴 사진으로 제작한 기념 액자를 그에게 선물했다. 이 선물을 받은 그는 한참동안 그 액자 속의 얼굴들을 하나하나 들여다보며 감회에 젖은 듯 눈시울을 붉혔다.

비록 어쩔 수 없는 사정으로 연임 기간 도중 LH를 떠나게 되었지만 통합 공사 LH가 영속할 수 있는 기틀을 마련한 만큼 그는 추호도 후회가 없었다. 애초부터 LH 사장직은 사회와 나라에 봉사하고자 하는 꿈을 가지고 있던 자신에게 나라가 부여한 마지막 소명에 지나지 않았기 때문이다. 그 무엇에도 연연하지 않고 사회와 나라에 보탬이 될 수 있는 기회가 주어진 것에 감사하며 수락한 자리였기 때문에 아쉬울 것도 없고, 그 길이 진심으로 고통스럽지도 않았다. 남들은 고난의 길이라고 말했지만 그에게는 그 길이 마지막 소명을 다한 자부심의 길이자 삶의 궁극적인 꿈을 이룬 기쁨의 길이었다. 그리하여 LH를 떠나는 그의 표정은 결코 어둡지 않았다.

짧은 퇴임식이 끝난 후 이지송은 자신을 배웅하기 위해 나온 직원들의 손을 일일이 잡으며 마지막 인사를 나누었다. 그러면서 다음과 같은 당부의 말을 잊지 않았다.

"사랑합니다. LH, 계속 국가와 국민을 위해 지금처럼 최선을 다해주세요."

이는 LH의 수장으로 LH호를 이끌던 그의 마음이었다. 그는 자신이 그랬던 것처럼 앞으로도 계속 LH가 이러한 마음으로 국가와 국민을 위해 일하는 공기업으로 영속하길 바랐다. 그렇게 영원한 건설인 이지송은 LH를 떠나는 마지막 순간까지 자신에게 주어진 소명을 다하며 자연인 이지송으로 돌아갔다.

에필로그

꿈 너머
꿈을 꾸며
상어처럼 살다

물고기들이 물 위에 떠서 자유롭게 유영할 수 있는 것은 '부레'라는 공기주머니 덕분이다. 부레는 필요에 따라 혈액에서 기체를 빨아들이거나 혈액으로 돌려보내는 기능을 하기 때문에 물고기들은 굳이 지느러미를 움직이지 않아도 가벼운 몸으로 자신이 원하는 곳에 머물거나 움직일 수 있다. 즉, 부레는 물속에서 살아야 하는 물고기들에게 결코 없어서는 안 될 중요한 기관이다. 그런데 이 부레가 없는 물고기가 있다. 바로 상어다. 놀랍게도 바다의 제왕 상어는 부레가 없다.

그렇다면 상어는 어떻게 물에 가라앉지 않고 자유롭게 움직일 수 있을까? 부레 기능을 하는 다른 특별한 기관이라도 있는 것일까?

상어는 다른 물고기들보다 가벼운 물렁뼈로 이루어져 있어 덩치에 비해 몸이 가볍고, 가장 큰 내장인 간 속에 비중이 가벼운 기름이 가득 채워져 있어 몸이 가라앉는 것을 어느 정도 막을 수 있다. 그러나 말 그대로 '어느 정도'일 뿐이다. 다른 물고기들처럼 물에 떠서 자유롭게 유영하기 위해서는 지느러미를 쉴 새 없이 흔들어 헤엄쳐야 한다. 물속에서 살아야 하는 바다 동물로서 상어는 치명적인 약점을 가지고 있는 것이다.

상어는 또 하나의 치명적인 약점이 있다. 상어는 다른 물고기들과 달리 아가미를 스스로 움직이지 못한다. 이 말은 곧 아가미로 호흡하지 못한다는 것을 의미한다. 아가미를 자유롭게 움직일 수 있어야만 물속에 들어 있는 산소를 흡수할 수 있지만 상어는 그럴 수 없다. 이에 상어는 입을 벌린 채 계속 헤엄을 친다. 스스로 아가미를 움직일 수 없기 때문에 입을 벌린 채 쉴 새 없이 헤엄을 치면서 그 입으로 물이 통과하게 만드는 것이다.

다시 말해, 상어는 물에 가라앉지 않기 위해 그리고 숨을 쉬기 위해 죽을 때까지 쉬지 않고 헤엄쳐야 하는 숙명을 타고났다. 그러나 이러한 치명적인 약점에도 불구하고 상어는 바다의 제왕이 되었다. 약점을 극복하기 위해 계속 헤엄치는 과정에서 다른 물고기보다 월등한 유영 실력과 힘을 키워나갔기 때문이다. 치명적인 약점이 강점으로 작용하도록 적응과 진화를 거듭하면서 상어는 바다 동물 중 가장 강력한 존재가 될 수 있었다.

이지송의 삶도 그러했다. 그는 사람들이 그의 성공비결을 물을 때마다 답변 대신 늘 상어이야기를 꺼낸다. 그는 자신도 상어처럼 부족한 점과 한계를 극복하기 위해 수인사대천명의 정신으로 남들보다 더 열심히 생각하고, 더 열심히 준비하고, 더 열심히 집중하고, 더 열심히 매달리고, 열심히 또 열심히 매순간 혼신의 노력을 다했기에 지금의 자신이 있었다는 것이다.

그가 스스로 말했듯 반세기에 걸친 건설인으로서의 그의 삶은 상어와 닮았다. 자신에게 부족한 점과 스스로의 한계를 극복하기 위해 온 마음과 온 힘을 다해 쉼 없이 달렸던 기나긴 질주의 행로였다. 50여 년 동안 전심전력을 다하는 자세로 살았기 때문에 그는 대한민국을 대표하는 건설업계의 거목이 될 수 있었던 것이다.

그는 꿈꾸는 것 또한 멈추지 않았다. 그 꿈들은 단순히 무엇이 되겠다는 일차적인 것이 아니라 어떤 삶을 살겠다는 '꿈 너머의 꿈'이었다. 그가 어느 곳에, 어떤 위치에 있든 기적에 가까운 놀라운 성취를 이룰 수 있었던 것은 자신의 부족한 점과 스스로의 한계를 극복하기 위해 상어처럼 매순간 자신의 삶에 최선을 다하면서 언제나 꿈 너머의 꿈꾸기를 멈추지 않았기 때문이다.

2015년 7월, 뇌출혈로 쓰러진 후 재활에 힘쓰고 있는 그는 지금도 꿈 너머의 꿈을 꾼다. 또한 매순간 최선을 다한다. 꿈꾸기를 멈추지 않고 순간순간 혼신의 힘을 다할 때 최선의 삶이 만들어진다고 믿기 때문이다. 그는 지난 50여 년간 건설인의 길을 걸으며 그 믿음이 진실이라는 것을 스스로에게, 또 세상에 명확하게 증명했고, 그 성취를 통해 '영원한 건설인'이 되었다.

영원한 건설인 이지송은 곧 혼신의 노력이 만든 결정체고, 그 결정체는 온 마음과 온 힘을 쏟아부어 만들어진 것이기에 세상 그 무엇보다 단단하고 찬란하게 빛난다. 그리고 그 빛은 앞으로 더욱더 찬란하게 빛날 것이다. 여전히 그는 꿈 너머의 꿈을 꾸고 자신에게 주어진 삶에 혼신의 힘을 다하고 있으므로.

영원한 건설인, 이지송

꿈의 한가운데서, 다시 시작

제1판 1쇄 인쇄 | 2016년 7월 8일
제1판 1쇄 발행 | 2016년 7월 14일

지은이 | 김수삼 · 이종수 · 박동선
펴낸이 | 고광철
펴낸곳 | 한국경제신문 한경BP
편집주간 | 전준석
책임편집 | 장민형
기획 | 이지혜 · 유능한
저작권 | 백상아
마케팅 | 배한일 · 김규형 · 이수현
홍보 | 이진화
디자인 | 김홍신
표지 · 본문디자인 | 김수아

주소 | 서울특별시 중구 청파로 463
기획출판팀 | 02-3604-553~6
영업마케팅팀 | 02-3604-595, 583 FAX | 02-3604-599
H | http://bp.hankyung.com E | bp@hankyung.com
T | @hankbp F | www.facebook.com/hankyungbp
등록 | 제 2-315(1967. 5. 15)

ISBN 978-89-475-4129-9 03810

책값은 뒤표지에 있습니다.
잘못 만들어진 책은 구입처에서 바꿔드립니다.